66歳、
家も人生もリノベーション

自分に自由に 水辺の生活

麻生圭子

はじめに

ご無沙汰しています。麻生圭子です。

ロンドンから帰国してからは、湖のほとりで暮らしています。

ビンテージの小屋のすみっこ暮らしです。

仕事で京都からイギリスに移住したまではよかったけれど、たった1年で帰国することになってしまったんですよ。

最低でも5年という契約だったのに。バッキンガム宮殿まで歩いて行ける距離に住んでいたのに。あーあ。人生は思い通りにはならないものですね。

だったらもういい、自由になるぞ。

東京にも京都にも戻らず、離婚もせず（笑）、7年前から、琵琶湖のほとりに住んでいます。カントリーライフのはじまりです。

帰国後、夫は建築家からフォレストリーダーに、林業です。

私は人と会う仕事からは離れました。

中途失聴したからです。耳が聴こえなくなったのです。突発性ではありません。

進行性の感音難聴。私の場合はゆっくり高音域から音を失っていきました。

会話は筆談や音声文字変換アプリでできるけど、音楽は……。情緒をコントロールすることがむずかしくなり、心療内科にかかることもありました。

でもロンドンにいる頃は、音楽の代わりを風景にしてもらえた。

テムズ川のほとりに住んでいたのです。近くには有名な王立公園 セント・ジェームズ・パークがありました。リスが人馴れしていて、手からナッツを食べてくれる。人工の湖にはハクチョウやオオバンが泳いでいる。

猫を連れていくこともありました。

友だちはいないから誰にも会わなくていい。お化粧もしなくていい。

ジーンズにワークブーツ、「マーガレット・ハウエル」(ロンドンの本店はものすごくカッコいい）の上衣。髪はベリーショート。京都時代のキモノから、雰囲気は激変、若返りました（と本人は思っている）。

帰国後のすまい探しの条件はただひとつ、水（淡水）の近く。

還暦過ぎてからのアウトドア生活がはじまりました。

サイズを小さくするだけが老年期ではないと思うんです。

荷物の引き算は必要だけど、新調、更新もしていかないと、老人の私そのものがお荷物扱いにされてしまう。世の中から追いやられてしまう。

それはすみっこじゃないですよ。崖っぷち。

荷物がお荷物にならないためには、メンテナンスが必要。糸が切れたパールのネックレス、動かなくなった腕時計……。使えるようになって返ってきました。

実は聴力も人工内耳のインプラント手術を受け、ただいま絶賛リハビリ中。

人工的な音ではあるけれど、猫が私を呼ぶ声が戻ってきました。

TODAY IS A GOOD DAY. 昨日より明日より、今日がいい日です。

目次

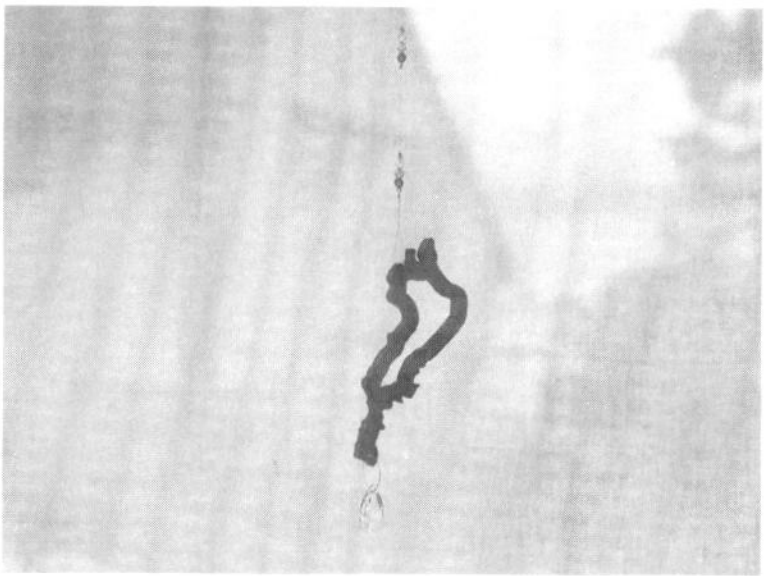

Chapter 2

Chapter 3

Chapter 4

Chapter 1

60代は、好きなものと素のままで

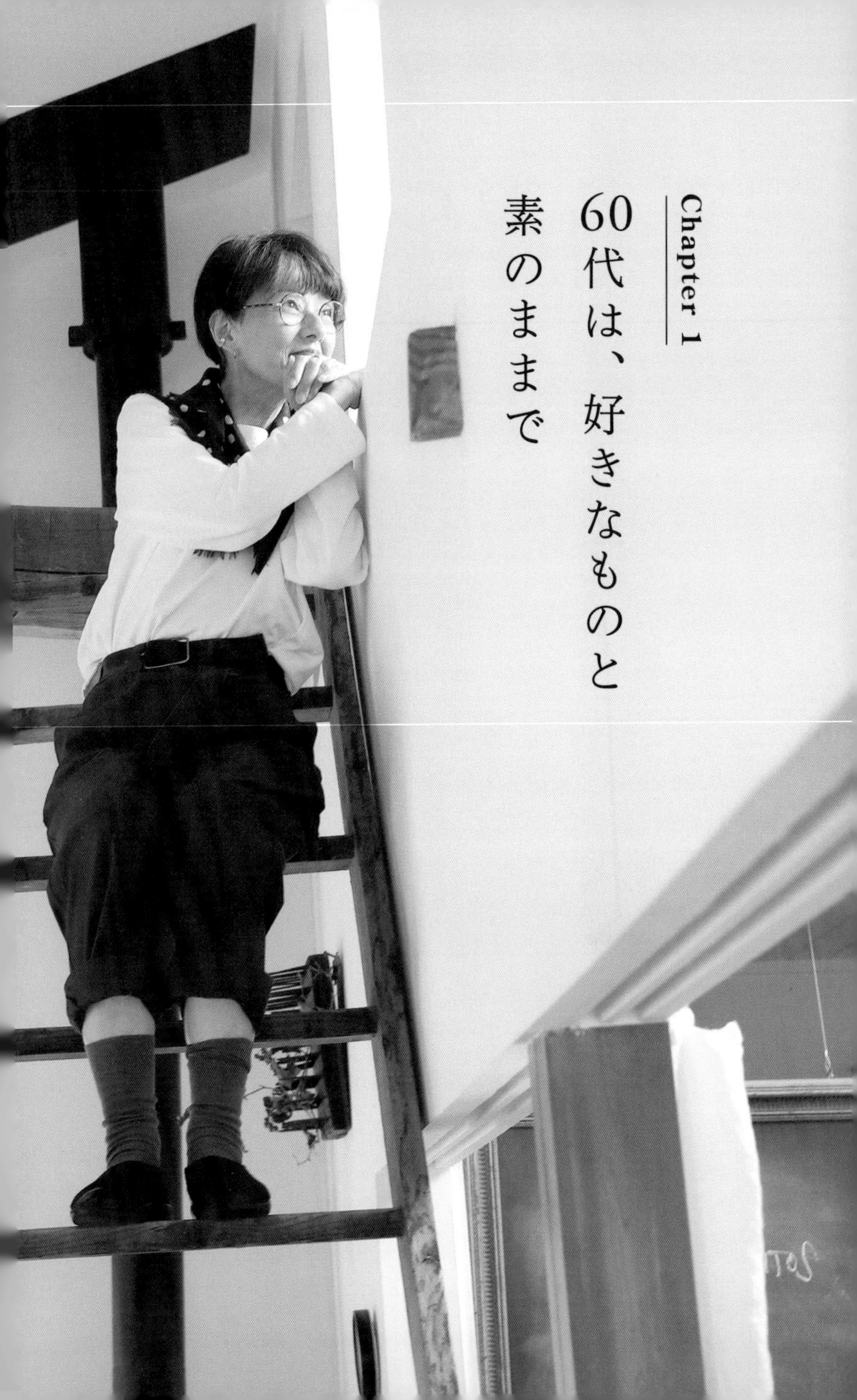

鹿が棲む水辺へ

玄関でゲストを迎えるのは真鍮の大きな鹿。

三十数年前（バブルの頃）に買ったものです。引っ越しを何度もしたのに、これだけは私から離れていかなかった。夫より長いつきあいになりました。

不思議なオブジェです。

本来、私はモノには執着しないんですよ。嫌いなものは持っていたくない。だから好みが変わると、何のためらいもなく処分してしまう。

引っ越しが好きなのもそのせいだと思います。処分することに大義名分ができるでしょ。京都を離れるときは、7割方、処分しました。

これもそのつもりだったんです。ところが夫がこれは置いておこうと言う。

まさかロンドンには持っていけません、私のピアノといっしょに夫の伯母に預かってもらいました。

真鍮とはいえ、購入したときはゴージャスでした、金色に輝いていましたからね。仕事でうちに来た人から「麻生さん、こういう趣味もあるんだ」と、やんわり言われたこともあります。いや、そういう趣味はないです。

なのに衝動買いしてしまった。確か渋谷のパルコだったと思います。そのやさしい顔に惹きつけられてしまったのです。

ツノがあるからオス鹿ですね。ジェシーという名前をつけました。

それからは私に寄り添うように、経年変化していき、金色というより枯葉のような色になっていった。存在感はあります。超大型犬くらいありますから。

けれどどこに置いても邪魔な存在にはならないんですよ。

京都の町家でも不思議と溶け込んでいました。

でもね、やはりここがいちばん似合う。処分しなくてよかった。

ジェシーはバンビ。2才くらいの少年だと思います。

なぜそれがわかるかというと、ツノが二又三先（二つ枝分かれして三つ先がある）だから。おとなになると三又四先になるのだそうです。

夏場、びわ湖バレイ（比良山地に設営されたマウンテンリゾート）の草ゲレンデを歩くと、鹿のフンがいっぱい落ちています。

鹿は薄明薄暮に活動するんです。リゾート客が麓に下りたあと、草を食みに鹿たちが上がってくる。天空の鹿のシルエット、想像するだけでうっとりします。

一方、湖のほとりは薄明でも人が通る、車が走るときもあります。本能的に避けているんでしょうか。鹿には出逢ったことがありません。

ところが、今年です、雪が何日も続いたときでした。薄暮ヘッドライトの先に浮かび上がったのは鹿です。真鍮色の鹿でした。慌てて草むらに逃げ込んだ。うちのそばです。ほとりの雪は解けていましたから、草を求めて山の方から下りてきたのかもしれません。私、鹿が棲むところに引っ越してきたんだ。

肩で息をしたくなるような高揚感がありました。

鹿の声が私のトロフィー

リビングのソファに座り、少し上を向くと、一対の鹿の頭蓋骨が目に入ります。もちろん立派なツノがついている。ジェシー（真鍮の置物）とは違い、これは三又四先、おとなの鹿です。こういうのをハンティング・トロフィーというらしい。夫が猟師さんからもらってきてくれました。

わが家、小さな小屋ですが、吹き抜けの天井なので、こういうものも違和感がないんです。この小屋の備品ではいちばんのお気に入りかもしれません。

鹿の真ん中には、錆びた金網とドライフラワー。この金網、丸まった状態で売られていた。雰囲気がとてもいい。買いました。京都の「SOWGEN」というラスティックな古道具屋さん。ここに住むようになって知ったお店です。

そこに自作のドライフラワーをひっかけた。グレビレアゴールドという葉っぱがメイン。真鍮が黒っぽくなったときの色に似ている。私のお気に入りの色、テーマカラーです。枯れてからがむしろ美しいんですよね。

ソファは「トラック ファニチャー」。同じような雰囲気です。

ここに座って、ぼーっとしていると、たいていのことは、ま、いいか、と思える。鹿の下の窓は、夏はメインツリーの桂の木しか見えない。桂は葉っぱがいいんですよ。ハートの形。枯れると綿菓子のような甘い香りがするんです。

小屋に鹿のツノを飾ったのは、『MODERN RUSTIC』というイギリスのインテリア本の影響。ロンドンで見つけたムックです。

ゴージャスとか機能性といったものとは真逆。これだ、と思った。

リビングの壁のツノは、貴族の館で見かける剥製のハンティング・トロフィーとは全然、違います。狩猟自慢ではない、むしろ田舎で鹿と共生している喜びと、そして生きる厳しさを教えてくれているような気がしたのです。

イギリスには狩猟文化があります。王族や貴族、富裕層のたしなみ。野蛮だと

は思いません。釣りと同じではないかと思う。ウィリアム皇太子やキャサリン妃も、スコットランドで休暇を楽しむときは、狩猟をするらしい。一方でメーガンはその文化を毛嫌いしていた、という話があります。

ここで暮らすようになり、夫は林業の研修に行き、狩猟も講習を受けました。このあたりでも猟師が減っています。さらに温暖化で山の積雪が減り、鹿は激増。森林や農作物の被害が問題になっているのです。田んぼを電気柵で覆ったり、森林では植樹した苗に「くわんたい」というネットをかけたり。県の自然環境保全課の主導で、わな銃による捕獲を行うこともあります。

共生していくことの複雑さを知ります。

夫は山に入ると、ほぼ毎日、鹿の鳴き声を聴くらしい。去年までは想像するだけでしたが、せっかく聴力を取り戻したのですから、私も聴いてみたい。

トレッキングシューズは購入。66歳、山に登る。実現できるでしょうか。

鹿の声が私のハンティング・トロフィー。記憶の壁に飾ります。

猫がくれたアイディア

2、3年前、ドライフラワーのスワッグ作りに凝ったことがありました。インスタグラムのタイムラインに、ミモザのフライングリースが流れてきたのです。

プロフィールを見ると、琵琶湖の北の方に住む人のようです。思い切ってDMしてみると、月に一度〝おうちショップ〟もしているという。できれば本物を見てから買いたい。さっそく出かけてみました。

投稿でも感じていたけれど、自宅なのに生活感がまったくない。アイランドキッチンは存在するんですが、キッチン用品が見当たらない。訊けば、壁一面の収納のなかにすべて仕舞われているらしい。おうちショップのときだけ？と訊いてみるも、撃沈。子どもたちが独立し、夫婦ふたり暮らしになったとき、そういう家を建てたのだという。リビングはサンルームに続きます。周辺は一面の水田。緑と空と。景色がいいとサンルームも映えます。

ワークショップにも参加しました。コロナ禍でしたから生徒はたったふたり。もうひとりは岐阜からわざわざ来ている人で、どうも彼女のファンのようでした。私は説明が聞こえません。ひたすら見よう見まねです。でもふたりですからね、手取り足取り教えてもらい、時間内に仕上げることができました。

楽しかった。それからは私も作りました。花材の多くはネットで購入。10個、いや、20個は作ったような気がします。

ところが。ちょうど新しく迎えた保護猫が仔猫のせいもあり、好奇心旺盛。ドライフラワーはカサカサと音がするでしょ。作っていると「アタチもお手伝いちまちゅよ」とやってくるんですよ。猫の手でチョイチョイ。かわいいんですが、万が一、何かあったら怖すぎる。植物は毒性があるものもありますしね。

一方の先住の兄猫のほうは、仔猫に触発されてか、手本を見せようとしたのか、

スワッグやフライングリースを襲撃。身軽で壁でも登ってしまう。ある朝起きると、ミモザがパラパラと。半分以上、分解されていた。

しかたありません。優先順位は猫が1位です。

飾っていたドライフラワーはほとんど処分してしまいました。

買い置きしていた花材は、ガラスのキャニスターにしまったり、細長いガラスの花瓶にすっぽり入れたり、猫が手を出せないようにしました。

ところがガラスの中のドライフラワー。夫が「これ、いいね」と言い始めた。そうなんです。ちょっとした作品に見えるんです。それからはクローゼットだけでなく、玄関フロアや、書斎の棚に飾ったりするようになりました。

わが家らしい、猫がくれたアイディアです。

窓は天使の羽のよう

ロンドンから帰国したとき、もういいかな、と思ったんです。たとえば京都ではあえて不便な暮らしをしていました。家電をなるべく使わないようにするとか。キモノも着ました。それはそれで楽しかった。でももういいよね。京都から引退。知っている人が誰もいない水辺で、のんびり暮らしたい。琵琶湖だけでなく、富士五湖のあたりも見に行きました。でも条件に合う物件がなくて、じゃあ、もう川のそばでも池でもいいか、と諦めかけていたとき、不動産業者が連れてきてくれたのが、ここ、今の小屋でした。

売り主の希望で、ネットには出ていなかったのです。

会社の保養所として建てられた、湖畔の古い小屋。デッキは朽ち落ちている。壁には蔦が絡まり、シャッターは錆びて。空き家というより廃屋。

でも見た瞬間、ここがいい、と思った。

外観のデザインがよかった。平屋だけどロフトがついている。

そのロフトの窓がアルミサッシではなく鉄枠。これはボロではなく、ビンテージです。おまけに形がユニーク、上辺が斜めなのです。天窓のよう。ここに寝そべったら、星が眺められるかも。いい、うん、いい。

私、昔から建物でいちばん先に見るのが窓なのです。

インテリアは窓で決まる、と思っているんですよね。

いつか寝たきりの生活になったなら、天窓のある部屋に住んでいたい。ま、夢ですけどね。でもいいと思いませんか。ベッドの上に天窓があれば、動けなくなっても、景色を眺めることができる。空はいちばん大きな世界です。

月や星、雨のしずくがかかる窓。雪が覆う窓。

ああ、きれいね、と感じながら、人生の最期を過ごしたいのです。

ロンドンで住んでいた部屋の窓も素敵でした。文化財の指定を受けている建物

でしたから、屋根裏の窓でも、二重窓の外窓は木製、金具は真鍮。洋画でよく見るような観音開きの窓。もうそれだけで私のインテリアは完成。

外に開かれるから開放感があるんですよね。天使の羽のようでした。

日本から連れていった2匹の猫も窓辺でよくひなたぼっこをしていたなあ。

もちろん今の小屋ではこのロフトが私の部屋になりました。二方向についている窓を眺めてはうっとり。楽しんでいたんですけどね。ロフトだから階段がないんです。梯子で上がる。それも壁に垂直の梯子。

65歳になり、この梯子での上り下りが億劫になってきた。で、夫と部屋を交換。私は一階の湖側へ移動しました。細長い窓辺のコーナー。

窓はアルミサッシです。だから麻布で覆ってしまいました。

でも少しだけ湖が見えます。水とつながっています。

書斎の話

書斎はリビングの裏側にあります。琵琶湖が見えます。

もとは夫の書斎だったのですが、屋根裏にあった私の部屋と交換してもらいました。大きな家具はそのまま、書類やら書籍は少しずつ段ボール箱に詰めて運びました。階段がないから、梯子を使いながら。怖かった。

階段、ないんです。イメージ、わきにくいと思うのですが、半畳くらいの穴から、壁付けの垂直の梯子で上り下りするのです。見た目はカッコいいんです。

でも家事をしながら仕事をする、私のような自宅ワーカーには、その上り下りが億劫なんですよね。一旦上がっても階下に用ができます。コーヒーが飲みたい、トイレに行きたい、晩ごはんの下ごしらえ、あ、宅配がきた……。

で、下りるでしょ、そうするとテンションも下がってしまい、仕事に戻りたく

Atelier AM

なくなってしまう。はい、今日は終わり、明日がんばります。

あんなにお気に入りの窓がある屋根裏部屋（ロフト）なのに。

壁には古い大きな時計、棚は自分で取り付け、雰囲気がよくなるようにと、麻布で斜めのカーテンも縫いました。「トラック ファニチャー」の「TODAY IS A GOOD DAY」のポスターも掛けました。観葉植物だらけのときもありました。いい部屋だったと思うんです。

それでも気分が上がらない。カラダも。階下で過ごしてしまう。

去年の暮れでした。夫が見かねて、部屋を交換しようと言い出してくれた。夫の正月休みに動かしました。屋根裏部屋、もうひとつあるんですよ、夫の荷物はかなりそこに移しました。だからロフトは広々。昼寝もできます。

机はアンティークのダイニングテーブル。それを縦に置いているので、どちらからでも使えます。その日の気分で椅子を替える。

今日は「TODAY IS A GOOD DAY」のポスターを見ながら仕事をしています。

背後にはお気に入りの棚。ロンドンで買ったものを飾っています。ビンテージの缶に納めた猫(まや)の遺骨。そばには十字架やガラス壜、手のひらサイズの石仏(京都の骨董店で買った)、古い燭台、そして洋書を添えています。この洋書の表紙に白い可憐な花が写っているんです。お供えの花。上の方には先々代の猫の遺骨も置いてあります。はじめて飼った猫の写真も。この猫は遺骨がないの。六本木でいなくなってしまった。

机の反対側にすわると、これを見ながら仕事をすることになります。思い出したくないことを思い出したり……。それが猫への償いです。

机の中央にはガラスのショーケース。仔猫を飾ったことも。あ、勝手に入ってくれたんですよ。天使のショーケース、写真をいっぱい撮りました。

この書斎、まだ最終形態ではありません。ビンテージの引き出しを探しているところです。仕事も終わらない、書斎づくりも終わらない。

私、途中が好きなのかもしれません。

痩せっぽっちのトルソー

このトルソーもお気に入りです。

ロンドンにいるときからほしくて、骨董市で探していたんですよ。たくさん出ていましたが、どれも大きすぎる、グラマーなんです。ゆっくり探そうと思っていたら、急に帰国することになってしまって。

だから神泉（東京）のアンティーク・ショップで見つけたときは、即買い。バストもウエストもない、痩せっぽっちのトルソーです。

スタンドの部分も木製。片手でも持ち上げられるほど軽いんですよ。たぶん日本のものだと思います。大正時代のモガの洋服に使っていたのかな、と妄想するのも、骨董、ビンテージの楽しさ。本当に雰囲気がいいんです。

ボディの麻布にはシミがいくつかあり、がたつきもあります。

でもそこもいい。愛おしくなってくるんですよね。

今は私のお下がりの、生成りの麻のワンピースを着せています。スタイリストになった気分で、足下に靴を置いたり、小さな籠バッグを置いたり。

私にとっては観葉植物と同じですね。生活には必要ないものだけど、雑然とした部屋がいきいきとしてくる。うるおいの気配が生まれるのです。

私ね、将来、住宅型老人ホームに入るときも、これを連れていこうと思っているのです。このトルソーがあれば、私だけの雰囲気になる。介護されながら、トルソーの世話をする。スカーフを巻いたりして。いいと思いませんか。

車椅子を使うようになったときには、少しだけ邪魔になるかもしれない。でも病院じゃないんだから、機能性だけを重視してもね、つまらないですよ。

老人になったらお皿はプラスチックにとか、そんなことを書いてある本もあります。よけいなお世話です。最後まで好きなものに囲まれたい。

いっぱいではなく、好きなものを少し。トルソーも。

ウォーター・クローゼット

昔の医療用の棚やワゴン、薬壜が好きです。昔のものは機能性だけでなく美しさも兼ね備えているような気がするんですよね。

医療棚は京都にいるころから使っています。確かこれも東京の神泉のアンティーク・ショップで買ったような気がします。同じ沿線に母が住んでいたので、あのあたりはなじみがあるのです。ロンドンにいるときは、ヘアメイクの女性のアトリエで使ってもらっていました。あと昔のミシンの脚（ガラスの天板をつけて、京都ではキッチンの台にしていました）なども。

たった1年で帰国することになり、取り上げてしまって。ごめんなさい。

医療棚はウォーター・クローゼットの間仕切りに使っています。

バスタブとトイレと、洗面台、ランドリーをしまっている場所。

WILD FLOWERS

SEEKOH

ミシンの脚は実験用のシンクを載せて、洗面台にしました。鏡もアンティークです。となりにコートハンガーを置いているので、ちょっといい感じ。お気に入りのコーナーです。自己満足ともいいますが。

ランドリーの籠は医療用ワゴン。ステンレスのトレー付き。

すべてがひとつの部屋なのです。シャワーカーテンもつけていません。猫足のバスタブの中で、カラダも洗うし、シャワーも浴びる。床は防水にしていますが、そのあと拭くのが面倒だから。わが家、立ってシャワーは禁止です。

6畳くらいかな、広い部屋ではないけれど、広々とはしています。窓からは比良の山々、びわ湖バレイ（関西では有名なスキー場。夏は天空の避暑地です）も見えるし、クローゼットとは名ばかり、露天風呂みたいなものですね。

結露しないですか？　冬、寒くないですか？　と訊かれることがあります。

冬は部屋のドアを開けて入るので、薪ストーブの暖房も入ってきます。一応、浴室乾燥、暖房もできる大型ファンもついているので、適当に使っています。

トイレが広いって、予想以上に、気持ちいいですよ。

だから私、長いです。本とか読んだりもします。

夫は朝風呂のときはコーヒーを持っていく。トイレと同じ部屋ですけどね。

汚い、という感覚はなくなってしまった。夫婦ふたりだけで使うクローゼットだから。あ、めったにゲストがこれを使うことはありませんが、やはりみなさん、ドアを開けると、びっくりするみたいで、足が止まります。ごめんさない。

保護猫がくるまでは、バスタブを覆うような、大きなエバーフレッシュを置いていたんですよ。ジャングル風呂のようでした。ただ猫のイタズラが過ぎて、不都合（鉢でオシッコ）が起こり始めたので処分しました。枯れちゃったんです。

でもこの部屋に観葉植物は必須。いろいろ考えた末、今はコウモリランを飾っています。

ちなみに私は朝風呂派。夜はほとんど入りません。

自然を感じながら入りたい。小さな贅沢だと思っています。

ベルギーの脚立はキャットタワー

「こんなに大きいんですか？　想像していたのと全然違う」

うちに来た友人が開口いちばん、そう言って驚いてくれました。

そうなんです、ふつうの脚立の倍くらいあるんですよ。今、測ってみたら2ｍ60㎝くらいありました。低い天井だと部屋には入りません。

でもこの大きさじゃないとロフトに届かないんですよ。

本当、よく出逢えたものだと思います。ネットで探したわけではないんです。

当時夫は、この家のリノベもしながら、神戸で住宅設計の仕事をしていて、ときどき私も同行していたのです。もちろん仕事には立ち合いません。私はひとりで神戸をふらふら散策。異人館を見たり、カフェを梯子したり、パンを買ったり。で、国道沿いを歩いていたら、ショー・ウインドー越しに見えたんです。この脚立が。プランターや籠が飾られているので、ショップの什器かも、とは思ったんですが、引き寄せられるように店内へ。そしたら脚立にプライスがついていた。売り物です。ほしい。そのあと夫を連れてくると同じく「買いだね」。そのまま車のルーフに積んで、琵琶湖のほとりまで持ち帰りました。

ロンドンにいるころから、脚立がほしかったんです。よく行くカフェがこれに古板を通して棚にし、珈琲豆を並べていた。それがカッコよくてね。

ロンドン近郊のケンプトンパーク競馬場で開かれるサンベリー・アンティーク・マーケットでは、そういう脚立も大量に出されているんですよ。でも持ち帰れない。宅配の手続きをするには、筆談でも勇気が出ませんでした。

だから神戸で見つけたときは、どこに置く、何に使う、なんて考えたりしなかった。即決でした。でも持ち帰ったら、次々に閃いた。

猫がロフトに上がる階段、キャットタワーになる。飾り棚にも、キッチンとの目隠しにもなる。それだけじゃない。これに直角に古板をかませて、もう一方を馬（作業台）で支えれば、ダイニングテーブルができる。

私、本来の用途以外の使い方を考えるの、得意なんです。好きなんです。

やってみると、思った以上に、うちの小屋にピタリと収まりました。

猫たちはみんなロフト好き。高齢で腎臓が悪かったロッタも、最後のひと月くらい前までは、自由に上り下りしていました。まやは数日前まで使ってくれていた。写真が残っています。今飼っているりん（麒麟）はびっくりするようなスピードで上り下り。ルナリアも、保護した赤ちゃん猫たちもこのキャットタワーが大好きでした。生後2ヶ月でもちゃんと使うんですよ。よちよちしながら。兄猫たちを見て学習するんですね。ひやひやしながらも見守りました。


ビンテージは本来の目的でない方がカッコよかったりする。

この脚立はわが家の要、猫と私たちを、そしてインテリアを支えています。

ロンドンで買ったアンティーク

「せっかくロンドンにいたんだから、もう少し高いものも買えばよかったよね」ときどき夫とそんな話になります。英国アンティークのことです。

アンティーク・ショップは本当によく見て回りました。チェルシーにあるロッツロード・アンティークにも行きました。プロも参加するオークションです。有名人も来るようで、私たちも元イングランド代表のサッカー選手を目撃しました。シャンデリアなど、私でも買えるような値段で落札されていて、日本よりアンティーク、ビンテージが身近なものであることを感じました。

そしてロンドン郊外のケンプトンパーク競馬場（イギリスの競馬場は雰囲気がいい）で開かれるサンベリー・アンティーク・マーケットには毎月行きました。市場ではその国のセンスにふれられるような気がするんです。すごく勉強になったし、いちばんの楽しみでもありました。

いろいろ買いましたが、いちばんのお気に入りは楕円形のブリキのハットボックスかな。状態も錆び色の雰囲気もいい。80￡（当時のレートで約1万4000円）で買ったんですが、日本では3万円の値段がついていてびっくり。

今、これには大事な猫の餌が入っています。

やはりいい具合に錆びた丸い缶にはお米が。20￡だったと思う。

あと担いで電車で持ち帰ったものに梯子があります。それも2本。フックをかけて籠を下げたり、帽子を掛けたり。

今は玄関前に立てかけて、ウエルカムボードとして使っています。

あと大きなビンテージの額に入った黒板も買いました。

ロンドン時代は晩ごはんのメニューを書いていました。文房具店でチョークを買うとき、まさかチョークが英語だとは思わず、黒板に字を書く鉛筆みたいなのがほしい、と言ったらすぐに通じてしまった。あとから夫に笑われました。

日本にいるころから好きだったピューターの食器、これは夫も好きなのでいくつか買いました。錫が主成分だそうですが、ピューターは民藝みたいなぽってり感がある。スペアリブのローストなんかを、オーバルの皿に盛りつけると、美味しさが倍増する（気がする）。向こうでもよく作っていました。

象牙のサービングカトラリーは額に入れて飾っています。大きなカッティングボードもお気に入り。みんな好きなものばかりです。

なのに５００£以上するようなものを何ひとつ買っていない。

「アンティークの時計、やっぱりほしかったなあ」

「また行けばいいじゃないか」

「でも猫がいるから、いっしょには行けない」

いやいや、ひとりで行こう。せっかく耳が聴こえるようになったんだから、ひとりでイギリスにゆっくり行ってこようと思います。

玄関のダブルドア

玄関は中2階にあります。このあたりの別荘はそういうつくりの家が多い。うちのおとなりは2階が玄関。G階は駐車場や倉庫です。昔は琵琶湖の水が今のようには制御されていなかったから、氾濫することがあったらしいのです。

中2階が玄関というのがイギリスのタウンハウスに似ている、というのもこの小屋をいいなと思った理由のひとつかもしれません。うちは残念ながら半地下はないけど、G階はやはり倉庫です。カヤックを入れています。

玄関のシャッターを上げると、あれれ、という昭和感。ただ横2間の玄関スペースが全面ガラスなので、ショップかカフェのよう。玄関ポーチもカフェテーブルを充分に置ける広さがあります。これはイケると思いました。

玄関のドアは、東京の神泉のアンティーク・ショップで購入（医療棚やトルソーもここです）しました。イギリスの20年代のダブルドア（観音開き）で、アイアンの装飾がカッコいいんです。サイズ的にもほとんど微調整ですみました。これだけで雰囲気が変わった。ドアは家のアイコンだと思うのです。

シャッターはペンキ担当の私が黒く塗り直しました。

カフェのようなオーニングは夫が去年つけてくれました。

でもまだ未完成なんですよ。ガラス一面にレタリングを入れたいんです。当初はプロに頼もうとしていたんですが、夫が「やるんなら、セルフでやれ」と。以来、頓挫、いえ雌伏中です。たぶん来年くらいには挑戦します。

ガラスに入れるレタリングの文字は

CAT& GINGER

もうすぐビーグルの仔犬がくるのです。ずっと猫飼いだったので、はじめてのワンコ。その名前がジンジャー。猫とジンジャーがいる家。

うちの本当の表札、アイコンです。

麻のシーツがカーテンになる

ロンドンで住んでいた部屋の窓は、カーテンが必要ありませんでした。屋根裏部屋だから、窓が小さかったし、短い夏の日差しは入らなかった。

京都の町家は雨戸と簾が似合います。

東京のマンションはブラインドでした。

たぶん私、インテリアとしてのカーテンがあまり好きではないんだと思います。シフォンのような薄いカーテンは好きです。それが風で揺れるさまはやわらかくて心地いい。でも厚地のカーテンは苦手なのです。

意識をしたことはなかったけれど、難聴のせいかもしれません。無意識のうちに、目で音を補おうとしていたのかもしれません。雨音も聴こえないんです。

ただ雨戸や縁側、障子を撤去したこの小屋には、いずれにせよ早急にカーテン

らしきものが必要です。夫は一級建築士ですが、インテリアは私担当。

しかしカーテンには知識がまったくない。

大阪の「IKEA」に行ったついでに、カーテンレールも物色、どうやら夫はカーテンレールのカバーボックスをつけるつもりはないようでした。

そこで選んだのはワイヤー・カーテンレール。これなら目立たない。

重厚なアイアンレールは質感が合わないような気がしました。

さっそく夫につけてもらいました。生地は京都まで買いに行きました。

カーテン生地ではなく服地。シャンブレーのグレーとベージュ。単色では面白くないのでこれを交互にかけようかと。ミシンですか？ 調達しました。

しかしネットで縫い方を調べるところで頓挫。こんな面倒なことやってられない。端ミシンだけはかけましたが、布を吊るだけのカーテンとなりました。

うーん。もっさりしている。気に入らない。

試しに、いちばん小さな窓だけ、地元の「ニトリ」でカーテンをオーダー。

が、これはもっと似合わなかった。

そしてたどり着いたのが麻のシーツでした。シーツというのがポイントです。縫わなくていい。おまけに私の名字は「麻に生きる」麻生です。

「無印良品」やネットのノーブランド品を10枚単位でおとな買い。

朝日が当たるところはダブルに。色は白をメインにベージュも。交互に吊り下げてみました。麻は湿気を吸ってくれます。洗濯機で洗えるし、シワもいい感じ。そして軽いから、湖からの風で大きく揺れてくれる。

ただ鉄枠のロフトの窓だけはミシンで縫いました。斜めですから、ワイヤーレールにリングでは落ちてしまうのです。お気に入りのアルミピンチで止めました。これ、東ロンドンで有名なセレクトショップで買ったんですが、調べてみたら、なんと「SUN」という日本製。2回言いますが、お気に入りです。

これを書いている今も、麻のカーテンが波のように揺れています。こんなふうに軽く生きていきたいなあ。風が秋になりました。

琵琶湖で生まれる真珠

琵琶湖でも真珠が採れるなんて。淡水パールの存在は知っていましたが、まさか琵琶湖で。湖畔に住む私にとって、これは大きな喜びでした。

若いころから真珠が大好きなんです。父の形見のカフスピンやタイピンの真珠もピアスにしてしまった。今でもつけることがあります。

真珠はほかの宝石に比べると、傷つきやすいけれど、ぬくもりが感じられる。いきものが作るものだからでしょうか。

あるいはダイヤモンドのようにカットや研磨をしなくても、真珠は貝から取り出したときから、すでに輝いている。そんな神秘的なところに惹かれます。

平安時代の人たちもそう感じていたのでしょうか。万葉集に琵琶湖の真珠が詠まれているんですよ。昔の人は〝白珠〟と呼んだのですね。

ご存知のように、海の真珠はアコヤ貝から採れます。一方、琵琶湖の真珠は、池蝶貝という貝から。池の蝶、美しい比喩です。二枚貝は開くと蝶々に見えます。それにしてもなぜこんな神秘的なものが生まれるのか。

これらの二枚貝は、砂などの異物が入ると、やわらかな自分を守るため、貝の内側と同じ成分（真珠質）を出し、包み込んでしまうのだという。

それを人工的に行うのが養殖です。

異物になる真円（球体）の核と、真珠質を分泌する外套膜のかけらを入れ、あとは貝に委ねて待つ。海の場合は1年で、真円の真珠ができるのだそうです。

琵琶湖の真珠の養殖は、無核が主流。貝によって、さまざまな形状になります。バロック・パール（歪んだ真珠）です。これがペルシャ湾の天然のバロック・パールに似ているということで、欧米では評価され、かつては海外のバイヤーたちがこぞって琵琶湖まで買い付けにきたのだそうです。

ところが昭和が終わるころ、琵琶湖の環境の変化で、母貝である池蝶貝が育たなくなり、それに追い打ちをかけたのが、中国産の安価な淡水真珠。これが出回ったことで、琵琶湖の真珠産業は一気に衰退してしまった。けれど一部の養殖業者が、現在の琵琶湖の環境に合う池蝶貝に品種改良したおかげで、今も数軒の業者により、琵琶湖の真珠は作られ続けています。貴重なのです、レアなのです。

これは湖畔に住むものとしては、ぜひ手に入れたい。インターネットで見つけたのが、大津市の県庁近くで店舗を構える「神保真珠商店」。取材も兼ね、こちらの3代目から、1時間にもわたり、真珠のことを詳しく教えていただきました。

そのとき私が手に入れたピアスの保証書にはKUSATSUの文字が。草津（滋賀県の草津市です）の内湖で養殖された〝びわ湖真珠〟を証明するものです。それからは年にひとつずつ新調。今日はイヤーカフをしています。

びわ湖真珠の耳飾りは私のお守りです。

Chapter 2

季節は流れる水とともに

琵琶湖の小さな物語

湖水の碧と空の青、水田の緑、それが水平に重なり広がってく。海と違い、湖はすぐそばまで水田を作れます。水田と湖が寄り添う姿は、世界に誇れる風景だと、私は思っています。琵琶湖畔に住んで8年目。本当に美しい。イギリスの田園風景に通じるものがあるような気がします。疲れているときに眺めていると、心の澱《おり》が洗い流されていく。そんな、大げさな、と思うかもしれませんが、ここに住む友だちは頷いてくれる。

とにかく広いんですよ。北海道を除けば、こんなにまっすぐな風景が続くのはここだけだと思います。遮るものがない。琵琶湖の西のほとりからは、東の果てに鈴鹿山脈が見えるほどです。西も北も南も山につながる。そうなんですよ、広大な盆地（広義）なのです。琵琶湖を含めて、近江盆地と呼ばれています。

広さは東京23区とほとんど同じ。あと淡路島もそうらしい。

琵琶湖の広さに1000万人近くが住んでいると思うと、尋常じゃないなと思う。住んでいると麻痺してしまいますよね。私がそうでした。

京都に遊びにくるときがあったら、琵琶湖まで足を延ばしてほしい。京都駅から湖西線の大津京駅までたった10分。うちの最寄り駅は、そこから25分くらい北上、時間によっては駅員のいない、のどかな駅です。

ここからとなり駅までの湖畔の道はパノラマです。

初夏なら水田、秋は稲穂に湖が重なる。近江だけの水田風景、田園風景。

ときどき杖をつきながら、チワワと散歩しているおじいさんを見かけます。チワワは足の悪いおじいさんに歩みを合わせている。

それを見ると思うんですよね。私も一生に一度くらいは犬と暮らしてみたい。ここを犬と毎日、散歩してみたい。琵琶湖に寄り添いながら、犬や猫とおたがいに助け合いながら生きていく。パノラマの人生が見えてきます。

春は風とともにやってくる

春は心をやわらかくしてくれる。

凍った氷が溶けるように、心のコリをほぐしてくれる、何とも不思議な力があるように思います。立春を過ぎれば、2月でも日差しが明るくなるからでしょうか。それとも一足先に春のおとずれを告げる花が咲き始めるからでしょうか。

ロンドンに住んでいたとき、こちらの春は大地からやってくるのかと、感じ入ったものでした。スノードロップ、スイセン、クロッカス……。

近くの公園の芝生で、あっという間に茎芽を伸ばし、スイセンの花が咲き始めたときは、驚きました。樹木も植えられている、ロンドン中心部の王立公園です。

それが訪れるたびに、芝生が黄色や白のスイセンで覆い尽くされていく。遠目から見ると、緑の芝生にスイセンの絨毯です。

うれしくて、本当はまだ寒いのに、公園のベンチで紙コップのコーヒーを飲みながら、春を見つめる……。なんて暇人がするようなことを日がなしていたように思います。あ、実際、ロンドン時代の私は暇だったんですけどね。

一方、日本の春は風とともにやってくる。咲くのは頭上、木の枝。草の花ではなく木の花です。春というより、冬のうちから咲くのが木偏に春と書く椿。蝋梅も早いですよね。2月のうちから咲く。そして3月にもなれば梅、桃、木蓮、しんがりは日本の春の象徴、桜。川岸、湖岸に立ち並びます。

大地を埋め尽くすようなイギリスの花と違って、地味かもしれませんが、京都の春は今、思い出しても風情がありました。風流でした。

そして今、湖畔ではそのどちらも味わっています。琵琶湖大橋の東たもとに早咲きの菜の花が植えられている湖畔の公園があるのです。

一面の菜の花の背景には、冠雪の山。心さえやわらかければ、禍《わざわい》に巻き込まれても、立ち直れる。春はすぐそこ。耳をすましています。

（「素肌プラス」21年春）

うつむく花　笑う花

桜は水辺が似合うように思います。特にソメイヨシノは。川やお堀や池、そして湖のほとり。枝を広げ、花はうつむいて咲く。それが梅や桃と違うところです。恥じらいが感じられる。

散りぎわも美しい。いっせいに風に巻き上げられ、花吹雪に、水面では花筏になる。水面を桜色に染めるときの美しさ。

日本人が桜を好むのはそういう散りぎわの美学にもあるのでしょうね。

川のほとりに植えられるようになったのは、江戸時代のこと。景観からではなく、自然の堤防を作るためだったといいます。氾濫が起きる川に堤防を作るには、莫大な費用がかかる。けれどほとりに桜の木を植えれば、地中に根が張り、春には花見客が集まることで、地固めができ、自然の堤防になる。

徳川吉宗が進めたことだそうです。それが全国に広まっていった。

京都の鴨川べりの桜は毎年、川下から咲いていきます。春が川を上っていく。

京都人がそんなことを言っていました。

琵琶湖のほとりにも桜の名所があります。湖のてっぺん、海津大崎です。

岩礁の湖岸ですから、堤防のためではありません。昭和のはじめ、地元の有志たちが少しずつ植樹していったのだそうです。

ほとりの道を華やかにしたい、その一念で。

現在は約4㎞にわたり、およそ800本の桜が植えられています。それは見事。

「日本のさくら名所100選」のひとつだとか。

岩礁のカーブに沿いながら、桜並木は続いていきます。けれど背後は崖ですから、それらの桜を見渡すことはできない。

それができるのは湖上なのです。

地元の人たちは昔から舟で桜を眺めてきたのだそうです。うらやましい。

現在は観光地ですから、花見の遊覧船や屋形船が出され、湖上はモーターボートや、ＳＵＰ、カヤック、湖面は花見客でいっぱいになります。道路も渋滞、通行止め。そうやって花見に繰り出すのが日本人の性。

私も遊覧船には乗ったことがあります。

でもそのとき思ったんです。ひとり静かに眺めたい。もっとそばまで行きたい。

それがカヤックをはじめたきっかけです。

うちの近くにも美しい桜があります。夜明け前、そこまで漕いでいき（１km もありません）、湖上から桜が現れるのを待つ。

少しずつ浮かび上がり、やがて花笑う。

山笑う、俳句にそんな季語がありました。

花笑う、淡海《うみ》笑う。

今年だから春が待ち遠しい私です。

（「マイ・ホスピタル」21年３・４月）

水鏡に映る夢

姿勢って大切ですよね。

実は、水田の畦道を歩いているところを、友だちが見つけて、スマホで写メしてくれたのですが、あまりに姿勢が悪くて、びっくりしてしまいました。

送られてきた画像は本当に美しい。

田植えはすんでいるけれど、まだ産毛のような苗だから、水田が水鏡になって、美しいものだけを映しているのです。

青い空や雲、背景には碧い琵琶湖。畦道は草道、点在する樹木も新緑です。

どう控えめに言ってもサイコー。

友だちのメールには、「そんな初夏の景色に、アソウさん、すっかりなじんで、素敵だったから、隠し撮りしちゃいました……」。

でも。それはお世辞。まったくなじんでない。浮いています。
こんなに私、猫背なの？　背中が曲がって、まるで老女のようです。
水田も苗も空も雲も生まれたばかりで、瑞々しいから、それがよけいに目立つ。
これが他人から見た私なのか。ショックでした。
一念発起。それからは散歩だけでなく、スーパーマーケットで買い物をするとき
も「背筋、背筋」と呪文のように唱えながら、歩くようになりました。
改めてまわりを見てみると、センスのいい人は姿勢もいい。それとも姿勢がい
いとセンスもよく見えるのか。きっと両方ですね。
ファッションモデルの卵はウォーキングから始めるといいますからね。
バレエをやったことがある人も美しい。立ち姿が違います。
今さらバレエは無理です。
靴を買いました。ちょうど履いている靴が颯爽とは歩きにくいものだったので。
ジョギングシューズ、歩きやすいことで定評があるブランドらしい。

歩く速度が上がりました。若々しくなった、かどうかはわからないけれど、颯爽と歩けるようになった気がします。

歩くという字は、少し止めると書きます。何を少し止めてくれるのか……。

実は私だけでなく、母（95歳＊当時）にも新しい靴を買いました。

がんの手術と長期入院から、廃用症候群になり、2年前は寝返りも打てない状態でした。リハビリを続け、歩行器を使えば室内は歩けるようになったのです。

施設の方たちからは奇跡だと褒められ、母もまんざらでもない様子。

新しい靴がほしいと言いだしました。買いますよ、買いましょう。

母は歩くことで、老化を少し止めた。そんな気がします。

新緑が眩しい季節、母は少し元気になり、少し笑顔が多くなりました。

風を少し止めて、私も歩いていきます。

（「マイ・ホスピタル」22年5・6月）

初夏を数える　草を覚える

芝生の青が際立つようになりました。シンボルツリーの桂の葉も大きくなり、頼りなさが消えた。リビングの窓には緑陰が。初夏です。

そして草刈りの季節。

この一帯では除草剤を使う家はなく、庭にしゃがみ込んでの手仕事。たぶん湖への影響を考えてのことだと思います。

京都にいるころは草取りだったけど、ここでは、生えてくればまた刈る。湖のほとりには自然の緑地があります。手入れをしないと、人の背丈ほどの高さの草で覆われてしまうので、年に一度、地域で一斉に行います。中心になって行っているのは、ほとりに住む新参者ではなく、山麓の先祖代々この地を守りながら住んでいる人たち。顔合わせもあり、私は毎年、楽しみにしています。

草刈りはほとんど男性の仕事。鎌ではなく、あの音がうるさい草刈り機。なぜかみんな持っているのです（わが家にもあります）。

女性や子どもたちは空き缶やペットボトルもろもろのゴミ拾いで活躍。これが草むらに落ちている。そうなんです。釣りにくる人たちが捨てていくんです。これがものすごい数。それを穏やかな顔で片付けていく。

こういう町内会っていいなあ、と思うのです。京都より開放感があるんですね。移り住んで8年。今年はじめて、組長の順番が回ってきました。地に足をつけて暮らせるようになった、そんな気がしています。

草刈りも慣れてきました。

私道の草は、私が担当。夫が草刈り機で刈っていたのですが、かわいい草花が混ざっているのです。たとえばスミレ、タンポポ、カラスノエンドウ。好きな花は残して、ほかは剪定鋏で根元から切り取る。伸びてもあまり気にならない。いい加減でなく、よい加減。ここの暮らし方です。（「マイ・ホスピタル」23年7・8月）

水をつかむ、風をつかむ

今年は外にいる時間が増えました。自分のカヤックを買ったのです。湖面がおだやかで、時間に余裕のあるときは、何とかひとりで小石の浜まで運び、湖水に出ています。いちいち夫の助けを借りなくていいよう軽量のものを選びました。それでも十数kgはあるんですけどね。

ちなみにカヤックはカヌーの一種で、長いパドル（ボートでいうオール）の左右両方に水かき（ブレード）がついているのが特徴。これを大きく回しながら、水をつかんでいくのですが、当然、肩の筋肉を使います。これが私にはいいようです。肩こりに効くんです。筋肉がほぐれるのだと思います。血行もよくなります。

湖面をすべる風も気持ちいい。海水浴ならぬ、湖水浴。

とはいえ、神経は使っています。湖は急に風が吹き始めることがあるから。多くの聴力を失った私は、ほとりの枝葉や、遠くの湖面の色を見て風をよみます。

それにしても同じほとりなのに、湖上から見ると、予想以上に違って見えることに驚きます。わが家の小さいこと。小屋です。樹木も小さく見えます。なのに水鳥は大きい、大きく見える。カヤックの上では、同じ水の生きものになってしまうからでしょうか。あちらのほうが先輩です。

いつもは私がほとりに近づいただけで、湖上へ逃げていくオオバンが、ゆるりと浮かんだまま。動じません。まさか友だちになれる?

そうでした、彼らは鳥。湖面を助走しながら、飛び去っていきました。水陸空、すべてを自在に操れる。それに引き換え、人間は非力です。

でも(と張り合ってみる)、カヤックは舟底の一部がスケルトンなので、水中が覗けるんです。船底に魚が近づいてくる。それだけで感動してしまいます。

人生は短いけれど、生き方は変えられる。静かなアウトドア生活、実はとても満足している私です。


(「素肌プラス」21年夏)

終わったあとに始まる秋

心弾む春と違い、秋はほっとします。閉会式の気分にも似ている。夏が終わった。今年はいっそうそれを強く感じます。

私は長く京都に住んでいたのですが、当時は自然より暦を強く意識する暮らしだったように思います。お茶の稽古に通うようになってからは特に。五節句、二十四節気、十二支。

中秋の名月にはお茶会もありました。稽古に通っていたのは大徳寺の瑞峯院。本堂前で、月が上がってくるのを坐して待つ。

京都はしきたりが多く、決まりごとが苦手な私にとって、たいへんではありましたが、晩年に思い返すのは、京都時代かもしれない、と思うのです。もしかするとあれが私の夏、晩夏だったのかもしれません。だから今、ほっとしている。

ロンドンはその端境、節句だった。

でも今こんなラフな生活をしていても、そのときに身についたことは離れていかないものですね。

ブルームーンだ、ピンクムーンだと、最近は満月にもカタカナの呼び名が勃興しているけれど、私はやっぱり中秋の名月。この満月、十五夜がいちばんです。旧暦では八月十五日、新暦だと九月二十日前後です。予定は空けています。

掬水月在手
名月の茶会の掛け軸で覚えた禅語です。文字を見るだけも情景が浮かんでくる。水を掬《すく》えば、月が手の中にある……。京都にいるころ、これがしてみたくて、大覚寺の大沢池で、遊覧の舟に乗ったこともありました。

けれど手を水に入れると、月はゆらゆらと逃げてしまう。

それが月というものなのだ、と解釈することで諦めることにしたのでした。

ところが。ここではできそうです。

夏の満月の夜、カヤックを湖上に浮かべ、月の出を待つことにしました。少し月が上がってくると、湖面に月の道が現れます。その道にカヤックを進め、静かに櫂を置く。

ほとりには外灯もありません。月の光だけ。暗いから明るいのです。

手のシワまでもがはっきり見えます。

パノラマの湖面が水鏡となって大きな月を映します。ため息まで輝いて見える。

水を掬《きく》すれば月手に在《あ》り。

そこには月がありました。

中秋の名月にも掬ってみるつもりです。

還暦は過ぎた私です。還暦は華甲《かこう》ともいう。何かにほっとしながらも、秋はもっと華やかに楽しみたい。自分の物差しを使って。

終活ではなく秋活、です。


（「マイ・ホスピタル」21年9・10月）

天空散歩の夢の午後

やっと、という言葉を使いたくなる。そうやっと、長袖が着られる季節になりました。空も風も水も、季節の目盛りがカチッと動いた。

秋ですね。

私が今住んでいる滋賀県の湖西と呼ばれる地域は、山が湖に迫っていて、ほとりから県道に出ると、すぐに登山口になります。この季節になると、登山客が増えてきます。中高年も多いんですよ。若い人たちが軽装なのに比べ、装備も万全。登山靴も服装も新しく、むしろカッコいいんですよね。

グループが多いけれど、夫婦（たぶん）で、という人もいる。子育てが終わり、時間に余裕もできたから、いっしょに山登りを始めた、といった感じでしょうか。

私の友だち夫婦は10年前、マラソンを始めた。彼女は40代、ご主人は60代でのスタートでした。毎年、そのときの写真で年賀状をくれるのですが、笑顔がサイコー。完走が目標。東京マラソン、ホノルルマラソン完走のときもありました。

今年、夫に年賀状を見せながら、「すごいよね。60代で完走。サポートがあるからできる。私にはできないね。うち、仲よくないから」とうらやましがったら、「いいよ」と予想外の返事。

「いや。マラソンはいい。ただ山歩きがしたい。登山じゃなく、トレッキング」

登山は難所を攻めて登頂を目指しますが、トレッキングは山の散策。登頂より景色や樹木、山野草などを楽しむことを優先します。

夫の気が変わらないうちにと、すぐに登山靴や服を購入。まずは予行練習です。ロープウェイで打見山の山頂まで登り、尾根伝いにトレッキング。３６０度のパノラマを堪能してきました。

まだまだ新しいことをプラスしていきたい、と思うのです。（「素肌プラス」22年秋）

火の季節になりました

私の住んでいる家は、湖のほとりですが、背後はすぐに比良の山々。なので、大津の市街地より雪も降るし、寒いと地元では言われています。

でも、底冷えのする京都の町家（台所は土間）を経験したせいか、あまり寒いと感じません。足にしもやけもできません（京都時代はできていたのです）。

今の家は薪ストーブです。家全体を暖めるタイプ。もちろん設置は1台です。わが家、リノベーションするときに、天井も壁も抜いて、大きなワンルームにしました。いったんストーブが熱くなれば、熱が対流していく。吹き抜けの上のロフトもこれで充分暖かくなります。

薪ストーブは田舎のごほうび。

家の中に火があると、心がやわらかくなる気がします。私は家の中に動くものがあると、しあわせを感じるんです。風でカーテンが揺れるのを見るのも好き。11月からの薪ストーブ。火を熾し、薪をくべ、空気の調整をする。もう6年目ですから、慣れてきました。最近のストーブの主流は二次燃焼（ガスをさらに燃焼させる）タイプ。煙突から黒い煙はでません。環境に配慮しているんですね。木が燃える匂いは香《かぐわ》しい。木の種類によって違います。それぞれ個性がある。私は桜の木がいちばん好きかもしれません。夫は爆ぜる音も心地いいらしい。

薪は自前です。森林を無償で手入れ・伐採する代わり、その木をもらい、2年かけて乾燥させ、薪を作ります。夫は仲間たちと、週末ごとに作業をしています。そう、すごく大変。けれどそれ以上の何かがある。家族の喜ぶ顔が励みになるらしい。夫は、ストーブの下で伸びきって寝ている猫の姿が励みだそうです。

家族がストーブの前に集まる。家のどこにいても暖かいのですが、やはり火のそばに集まってしまう。そしてストーブで沸かしたお湯で2人分の珈琲を淹れる。家族でよかった、そんなことを思うのです。

（「マイ・ホスピタル」21年11・12月）

RIOT
kayaks
Ultralight

琵琶湖も白鳥の湖

琵琶湖にも毎年、晩秋になると白鳥（コハクチョウ）がやってきます。

それが毎年、わが家が薪ストーブに火を入れる時期と重なるのです。

ああ、今年もこのまま無事に終えられますように、と小さく願う。

さて白鳥というと、バレエの『白鳥の湖』をイメージするせいか、私などずっと、この鳥に華奢なバレリーナの姿を重ねていました。

近くで見ると、違うんですよね。

もう少し泥臭くて、がっちりしている。アスリートの体型です。

コハクチョウはシベリアのツンドラ地帯から飛来するのだという。その距離、4000㎞。マラソンランナーの百倍ですよ。中継地はあるようですが、それにしてもね。10月くらいにまず北海道に飛来、そのあと本州に南下していく。

琵琶湖でも訪れる場所は毎年、決まっています。琵琶湖は南北に長いので、福井寄りの方。琵琶湖の西側だと、高島市の安曇《あど》川近くの、鬱蒼とした内湖にねぐらを持ち、日中は餌を食べに出かけます。

どこにいくと思いますか？　琵琶湖？　違うんですよ。なんと刈り取られたあとの水田。落穂や二番穂を食べに。本来は藻を食べる水鳥なんですけど。藻がなければ稲でもいい、ということなんでしょうか。

冬の田で、コハクチョウの群れを見たときは、少しショックでした。でも湖面を泳いでいる姿や、飛んでいる姿はやはり美しい。華奢でなくても優雅そのもの。と、思ったとき、気づくことがあったんです。すべての瞬間が美しい、なんて人間もありえません。年を重ねていけば、なおさら。でもだったら何か好きなことと、得意なことをしているときは、素敵だと思われるように心がけていこう。

95歳になる母も笑ったときの顔は少女みたいにかわいいんです。それが母の本当の顔なのかもしれない、そう思うようになりました。

（「素肌プラス」21年冬）

何もないから暖かい

京都に住んでいたころは、大晦日には除夜の鐘を撞きに行っていました。清水寺にも行ったことがあります。1週間前に整理券が配布されるのです。大晦日のうちから清水坂は初詣客でぎゅうぎゅう詰め。コンサートのアリーナ状態。そこを何とか掻き分けながら鐘楼へ。順番が回ってくるまでは、緊張もし、自分の撞いた音に感動もするのだけど、帰りがね。参拝客が押し寄せてくる、その流れに逆らいながら、這々《ほうほう》の体で自宅に戻らなければいけない。

今ならもうしない、できないですね。

水辺で暮らしはじめてからは、大晦日はデッキで焚き火（夫が焚き火好きで、専用の焚き火台を持っています）をしながら過ごしています。私は寒いから嫌なんだけど、夫がそうしたがるのです。

お湯も沸かせる。お酒も飲める。カニも焼ける。その準備は夫が全部やってくれます。

寝袋に包まれて、空を見上げれば、満天の星。天然のプラネタリウムです。

寒いけど、あったかい。

私は聴力障害があるので聴こえないのですが、波の音がまた心地いいらしい。

さもありなん。そうでしょうね。耳をすませば、煩悩が洗われていく。

「そろそろかな」スマホでカウントダウン。

深呼吸。

「あけましておめでとうございます」

「今年もよろしくお願いします」

小さな声で挨拶を交わします。2匹の猫にも。

1年が無事、すんだ。わが家的には大きな事件もなく。つつがなく、生きている。それだけで充分です。何もないからありがたいと思うようになりました。

京都時代にはなかったことです。何かないと不安だった。

ロンドンでインターバルをおいたせいかな。

それとも5年前、年末年始の2ヶ月を入院してたからかな。大怪我をしたんです。でも、病気と違い、怪我には日にち薬が効きます。昨日より動けるようになった、歩けるようになった、それだけで満足でした。

何もないからありがたい。けれど、それは何もしなくていい、ということではない。

仕事はしていきたい、私の場合は書くという仕事ですが、それは続けていきたい。人混みを避けるなら、それと同じ重さで、水や森に入っていきたい。いかなければならない。

双眼鏡とトレッキングシューズを新調したんですよ。今年は、許されるなら、少し遠くへ行きたいと思っています。

（「マイ・ホスピタル」22年1・2月）

Chapter 3

好きな場所、好きな家を自分たちの手で、もっと好きに

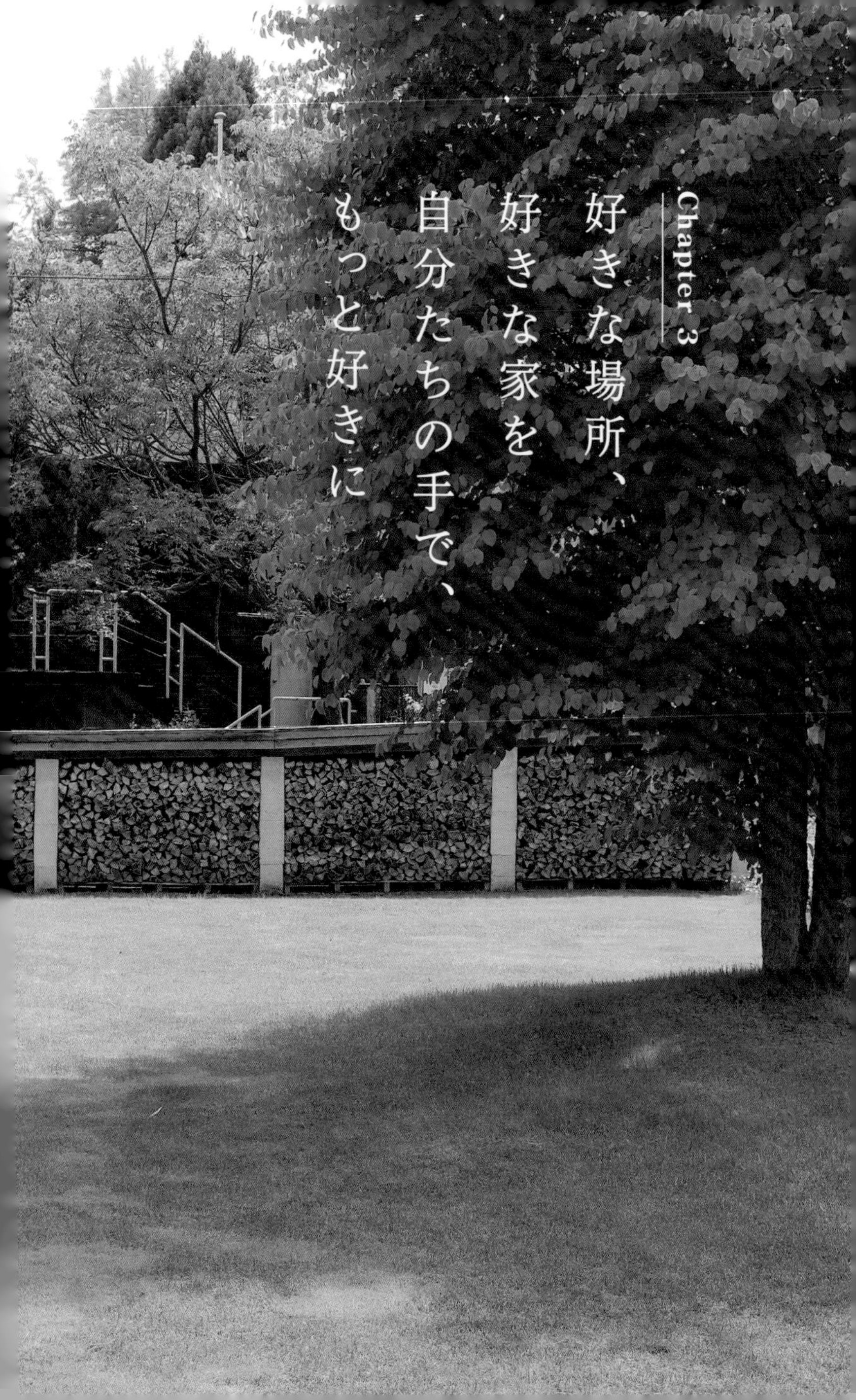

日本の湖水地方を探して

最初から「水辺」を琵琶湖に求めていたわけではありませんでした。夫も私も育ちは関東です。最初は富士五湖や伊豆半島の一碧湖、海が一望できる高原あたりも視野に入っていました。実際、富士五湖周辺や伊豆には見に行きました。

バブルのころに建てたであろう別荘がたくさん売りに出ていました。不動産業者が次々と案内してくれるのだけれど、まったくときめかない。途中から夫は機嫌が悪くなる始末。私に当たられてもね。翌日は富士五湖周辺を見に行く予定だったのですが、私は京都（仮住まい）にリターン。夫がひとりで行きました。

その夜は報告もありませんでした。つまりそういうことだったのでしょう。

もちろん私たちが案内されなかっただけで、予算に上限がなければ、いい物件もあったと思います。眺めのいいビンテージの小屋。ル・コルビュジエの『小さな家』のような家。いや、やはりなかったと思う。日本の富裕層は小さな家を好まない。窓からの眺めより、室内に広さを求めがちです。偏見かもしれませんが。あと眺めでいうなら、私はイギリスの湖水地方をどこかで求めていた。湖とそれに続くなだらかな丘陵、イギリスには高い山がありません。日本と違い、古期造山帯だから、何億年もかけて侵食し、低い山地になっている。だから山の中の湖でも広がりがある、開放感があるんですよね。ないものねだりでした。

水辺の消去法です。そういえば琵琶湖があるよね。でもね……。琵琶というのは日本の美しい弦楽器です。ただ私は琵琶法師や「耳なし芳一」を思い浮かべてしまう。ピーター・ラビットの湖水地方ではないのです。でも日本でいちばん大きな湖です。北の方は福井に近い。北琵琶湖のあたりは一面に水田が広がる地帯なんですね。ネット情報ではハクチョウも飛来するという。湖畔の緑地公園もちょっとイギリスを感じます。琵琶湖のほとりに住もう。その想いは確かになりました。

ビンテージの小屋にときめく 1

今の小屋を見る前に、不動産業者の人は、もう1軒、私たちを物件に案内しました。立ち寄ったというべきかもしれません。部屋数が多い、いかにも会社の保養所、昔のアパートみたいな建物でした。そのまま住めそうだけど、住みたくない。見事にときめかない物件。あーあ。ため息。

そして沈黙のまま、次に案内されたのが、この小屋。

見た瞬間、ときめいた。ふわっと笑顔になりました。

あとからこの業者さん、こっそり私に打ち明けた。

「おふたりの雰囲気を見て、最初からこっちが本命でした。ただふつうはここ、雰囲気が……まあ、廃屋寸前でしょ、だからここがよく見えるように、先にあちらにお連れしたんですよ」

おお、これが業者のテクニックなのか。

この人が社長のKさん。すごくいい業者に当たりました。

ここがひと目で気に入ったのはスマホに残った写真でわかります。ひとつ前の物件の写真は1枚もない。なのにこの物件は何枚も撮りまくっていた。

その写真、今見ても、廃屋同然ではあるのですが、でもビンテージ感は漂っている。リノベーションすればカッコよくなる。片方の面が長い差し掛けというデザインの屋根もいい。門のそばの壁はリシンという工法（表面がザラザラしている）。そこに絡まる紅葉した蔦。埋め込まれた表札。それだけで一枚の絵になりました（私だけに限定されるかもですが）。

蔦に覆われ（それでも定期的に刈り取っていたようです）、草地に建つ家。でも建物は水平に保たれている。傾いてはいない。

お、上の窓がカッコいい。ね、ほらほら、鉄枠だよね。1階は昔のアルミサッシ。周囲を一周するとき、く、靴が汚れる、と焦ったのを覚えています。ぬかるんでいるところがあったのです（あとから湧き水のせいだと知りました）。

内覧もさせてもらいました。

もちろん靴のままです。錆びたシャッターを上げ、ドアから入ると、正面に見えたのがキッチン。あ、なつかしい。昭和のシステム風キッチンです。そこにバーカウンターのようなアイランド式のカウンターテーブルがついていました。

バスルームもなつかしい。石のかたちのモザイクタイル。ブルーのプラスチックのバスタブ。トイレの床もモザイクタイル、和式です。そして驚いたのが、トイレとバスの間のコーナー。床が一段落ちていて、ストーブのような焚き口が。煙突もついている。ガスではなく薪で沸かしていたんですね。

カッコよさと古さが混在していました。

ビンテージの小屋にときめく２

もう一度、業者のＫさんと現地を見にきました。もう購入することは決めていましたが、金額の交渉もありますから、細部の確認です。

夫は一級建築士なので的確にチェックできます。でもＫさんもこの建物の状態、現状をよく理解していました。屋根は全取っ替え。梁が２本差し替え。水回りの床下がアウト。私には屋根、大丈夫そうに見えたので、えっーっと驚きの声をあげたのでしたが、夫が「たわんでる」と。

確かに今、写真を見るとそうですね。これではダメだ。

「解体して更地にして売るしかないか、とも思ってたんですけどね」とＫさん。

屋根がダメということはスケルトンからのリノベーションに近くなる。

それなら新しい家を建てた方がいい、と思うのは当然。

私のように、新しい家より、ちょっとビンテージになった家の方が好き、というのは少数派、変わりものなのかもしれません。

建物は現状で買う代わりに、庭木の撤去と草の刈り取りをお願いしました。草も刈り取るのではなく、重機でがが一っと根こそぎさらっていく。驚きました。すべてコンクリートで整地されていたのです。

さらに敷地のすみに、鉄枠の大きな丸穴が6つほど横並びで開いている。甕のような大穴です。覗くと土や水が溜まっている、というより湧き出ている。こんなのはじめて見ます。

あとから木を植えるとき、コンクリートをハツる（削る）のはたいへんだから、あらかじめ用意した穴（直径1ｍくらい）、ということでした。

そこから流れる水で、湿地のようになっていたのですね。

埋める手もありましたが、横の一列、丸穴ごと、ハツってもらいました。

ここが現在、地下水が流れている水路です。幅は２ｍくらい。

Kさんはほかにもこのあたりの土地を仲介していて、2度ほど、外からだけですが、この家を見にいらしたことがあります。お客さんらしき人たちに、この水路を指差しながら、説明しているのを見たときは、うれしかった。思わず手を振ってしまいました。

ここまでリノベーションしたことを喜んでくれていたのだと思います。

そういえばおとなりが話していました。うちが買うまで何人も見にきていたと。

「ほんま、しょっちゅうきてましたよ」

リノベーション前の写真、友だちに見せたらドン引きしていました。でも私は、廃屋寸前だけど、カッコいい、ビンテージだと思う。

何より身の丈に合っている。いや、こういう家になりたいと思うのです。

湖畔のスケルトン

1ヶ月延長。ワンルームマンションの退去は2月末になりました。年末年始の休みもたっぷり入りましたしね。

私も足場に上がったようです。スマホに写真が何枚も残っている。覚えていないということは、怖くなかったということなのか。

屋根に上がって、出窓の下が朽ちている様子も撮っています。今、観葉植物を置いている、ときどき寝転んで夜空を眺めている出窓のニッチ。そこを支える木は、全部差し替えられました。だから軋むこともない。安心して横になれる。

この時期、何百枚と写真、撮っているんですが、記憶にないものも多くて。私の記憶はけっこうポンコツなんですね。

改めて職人さんたち、親方に感謝。もっとそばで見ていたかった。教えてもらいたいことがあった。そういうことを嫌がらない親方だったと思うのです。

私が健聴であるなら、電車で通ったのではないかと思います。

家もいきものだとするなら、そこに住む者は、その骨格、内臓部分を知っておく方がいいと思うのですよね。大事にしようという気持ちが違ってくる。

マンションの退去が延びたことを、段取りのせいだと思っていたのでしたが、そんなことはない。急いでくれていたことがわかります。職人さん、途中から人数、増えています。もちろん夫もビルダーとして加わっています。

床も壁、屋根裏すべてに断熱材を入れ、ボードや板で張り替えている。小屋の骨格に筋肉や贅肉をつける作業。並行して、水回りの床下にコンクリートを打っている職人もいる。かと思えば重機がまたきている。それらを並行してやってくれていたんですね。これがスケルトンからのリノベーションなのか。

私の出番は内装になってからでした。

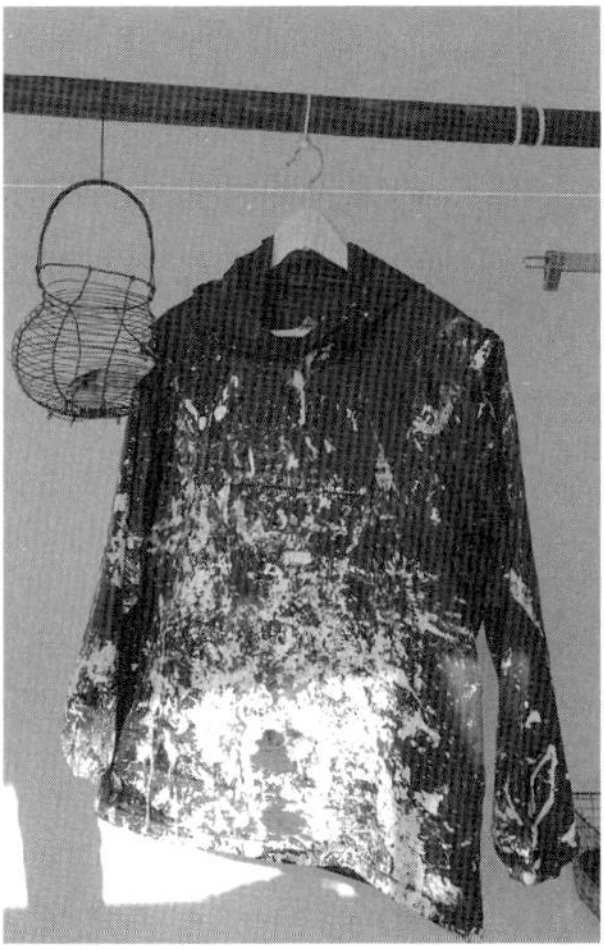

サブウェイタイルを張る

2月に入りました。いよいよ私の出番ですね。

現場にくるたびに、えっ？　あ、まだ壁ができていないんですね。

不満のような不安が表情に出ていた自覚があります。

いいえ、最初から完成して入居できるときは思っていませんでした。京都の町家のときもそうでしたから。セルフリノベーションは住みながらできます。むしろそのほうが効率もいい。通わなくてすみますからね。

ただ住むとなると、最低限、トイレとベッドは必要。

寝室の壁が裸のままです。寝室はウォークイン・クローゼットを作ることになっていて、あれ、天井裏もまだですね。

水回りと寝室の工事を優先して、急ピッチで進めてもらうことにしました。

バスとトイレだけでなく、脱衣場、洗面所、ランドリーもひとつの部屋に。6畳くらいの広さでしょうか。裸になる部屋は開放感がほしい。これ、下敷きがあるのです。30代で泊まったロンドンの小さなホテル。床が傾いているようなホテルでしたが、値段はそれなりにした。というのも客室に使われている家具も全部アンティーク。雑誌で見た部屋はベッドが天蓋付きのアンティーク。シャーロック・ホームズの冒険なんかに出てきそうな雰囲気。

当時の私はそういうものにめっぽう弱かったのでした。

だいたいこういうのは実際に行ってみるとがっかりすることが多い。うーむ。部屋までの階段は狭いし、ドアも下に三角形のすき間が。部屋は、天蓋付きのベッドが大きすぎるせいか、狭い印象。ところが、浴室のドアを開けて、驚いた。床が絨毯で、置かれている棚もアンティーク。そこにタオルが仕舞われている。小さなテーブルや、椅子まで置かれていました。

浴室には必要のないものばかりです。

そこにバスタブ、トイレ、洗面台が点在（この表現がぴったりくる）していた。

確かバスタブは窓の近く、トイレはドアの近くだったと思います。

それがすごく気持ちよかった。開放感がありました。

寝室より、浴室で過ごす時間の方が長かったかもしれません。

イギリスでもスタンダードではない浴室だったと思います。


バスルーム（〃ウォーター・クローゼット〃と呼んでいます）の床はモルタル仕上げ。私の出番は、そこに防水コーティングを施すところから。溶液は夫が準備してくれました。私は刷毛で塗るだけ、とはいうものの、最初のひと刷毛は緊張です。すぐにテキトウになりましたが。刷毛ムラも味ということにしました。

このとき気づいたことがありました。床がバスタブの下の排水口に向かって、微妙に傾斜しているのです。歩いているくらいではまったくわからない。

膝をつき、刷毛で塗る作業をしていたら、気づいてしまった。

やっちゃったなあ、と思った。日本の場合、何も言わなければ、バスタブの外でカラダを洗うことを想定しますよね。浴室というのは大きかろうが狭かろうが、それが前提です。まさかバスタブの外に家具を置くなんて想像しませんよね。医療棚を置いています。調整はしていますが安定は悪いです。防水コーティングは壁の下地にも施しました。

いよいよ壁にタイルを張っていきます。ふつうは下半分に張ることはが多いみたいですが、私の希望で上から下まで全部、張ることにしました。品川にあった原美術館のイメージがあったのかもしれません。『ゼロの空間』でしたっけ、白いタイルの空間です。20代のころに見たきりなのに。しかしまさか自分でひと部屋、タイルを張ることになろうとは。タイルの張り方には何種類もあるようですが、2番目にオーソドックスなサブウェイタイルという張り方にしました。煉瓦を積むときと同じ形です。

夫がレーザー光線の出る水平器をセッティングしてくれたので、最初の一列はその線上に張っていく。間隔は5㎜に。思っていたよりカンタン。

上の方は脚立に上がっての作業でしたが、楽しかった。ただ好きな音楽を流しながら、この作業ができたなら、もっとしあわせな時間なのに、と思ってしまった。音楽ってモチベーションを上げてくれます。難聴の私にはそれができない。

でも、どんどん白いサブウェイタイルの形になっていく。それを見るのもモチベーション上がりました。ないものを追うな、あるものを使え。

これ、リノベーションにも通じる考え方かもしれませんね。

この作業だけは途中から夫に褒められました。壁の端でちょうど収まるように、目地を少しずつ調整していくんですが、これが巧くて。現場でも充分使えるよと。これがいちばんモチベーション、上がりました。

ただし目地を張るのは失敗しました。細かい指導を受けるには聴力が足りなくて。だからネットで調べはしたんですよ。でもＤＩＹ用の動画だったんです。

目地って、セメントですから乾いてしまいます。それを認識できていなかった。ネットには「目地をしっかりコテで塗り込んでいく。ある程度、乾いたら、タイルの上についたものを、水を含んだスポンジで拭き取っていく」。その動画で塗っているのは50㎝角程度の面積。そりゃ、塗り終わっても、目地は乾いていません。対してうちは広大です。やりやすい面積を塗って、じゃ、ちょっと試しに拭き取ってみようかな、と思ったときには、時すでに遅かりし。完全に乾いてしまっていた。もうそのあとはたいへんでした。彫刻刀のようなもので削る作業となりました。真ん中から塗り始めたから、いちばん目立つところがそれなんです。ま、世の中、もっとひどい施工がされている場所もある。

外出先でトイレに行くと、必ずタイルの目地、見ます。

キッチンのタイルも張りました。このころはもう腕も上がり、目地もきれい。

タイルが完成したのは4月になってから。

ほとりの桜が満開でした。

住みながらセルフ・リノベーション

無事、2月末に転居しました。転居したとたん、雪が降った。長い間、誰も住んでいなかった家ですからね、家の芯から冷えている。寝室だけはガスストーブを入れましたが、作業するのはリビングです。よく頑張ったなあと思います。

好きだからできたことですね。タイル張りもペンキ塗りも大好き。

その作業が好き、というより、できあがっていく様子をリアルタイムで見られるのが好きなんでしょうね。聴覚が人より足りないことで、形成された性格かもしれない。難聴が進行するのに比例して、見えるものへのこだわりが強くなったような気がするんですよね。住むところも。最終地が湖畔、だった気がします。

ペンキの色は白にしました。今ならもう少し陰影のある色を選ぶかもしれないけど、そのころは明るい部屋にしたかった。京都の町家が暗かったので。

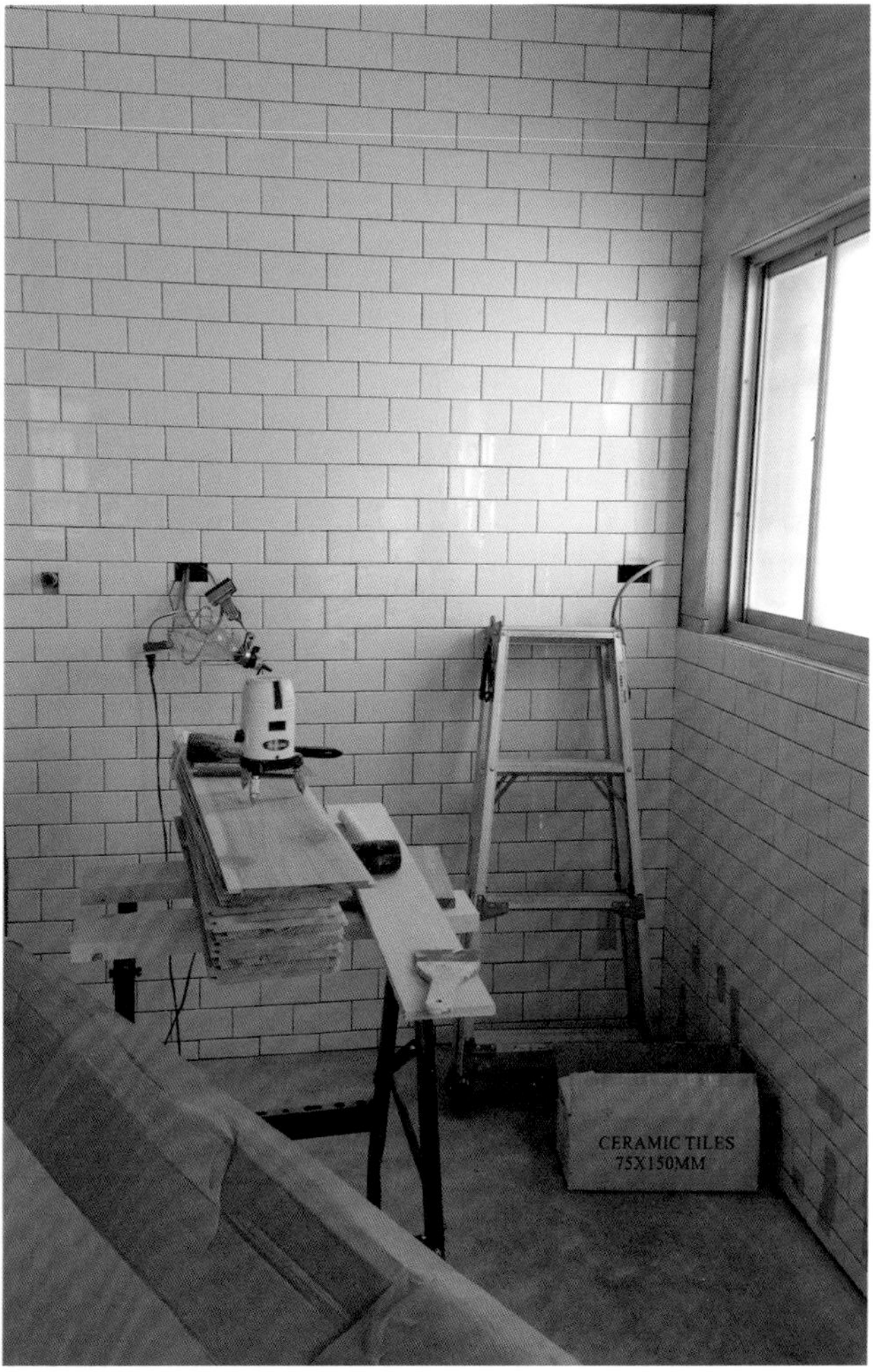
CERAMIC TILES
75X150MM

ペンキを塗るのは面白いけど、その前にまわりを養生する（ペンキがつかないようにマスキングをする）のは好きじゃなくて、私はすぐに手を抜こうとする。そのたびに夫から怒られてました。

リビングは吹き抜けです。脚立に上がっての作業です。天井は首が痛くなるし、ローラーでも飛沫が飛ぶんです。白い霧雨です。雨合羽とメガネで防御はしてましたが、それでも霧雨が。最後はタオルを職人巻きです。

とはいえ天井はほとんど夫が担当してくれました。

そういえば私、高所恐怖症だったんですよ。終わったら、４、５ｍくらいの高さなら、平気になっていました。

床はフローリング材ではなく、足場板を敷きました。ペンキの痕がついている、中古の足場板。夫も反対しませんでした。費用も安くすむし、作業もカンタンだから、これ幸いだったんじゃないかと思います。

ロンドンのヴォクソールにあるアンティーク・ショップ「Lassco」が、こういうごろっとした板（松かな）を敷いていたんですよ。それがもうひれ伏したくなるほどカッコよくて。足場板は杉だからチープではあるけれど、流通しているフローリングの床材より、雰囲気は近い。これで充分。

そんなわけでわが家の床材は足場板になりました。永遠に工事中です。薪ストーブの周辺は乾燥してすき間ができていたりはします。拭き掃除、雑巾がけはしにくいです。ひっかかるし、水を吸収してしまう。

でも汚れは目立たない。土足でも平気です。

ただし玄関からキッチンにかけての床はそのままです。住みながらのリノベだったのがいちばんの要因です。段ボールや家具をここに積み上げていたので。ここは極薄の寄せ木張りです。昭和40年代はこれが新しかった。極薄でなければお気に入りなんですけどね。いずれ張り替えてほしいと願いつつ、8年近く。タイルにしたいと思いつつ。

時は流れてしまうのです。

デッキは日常のしあわせを教えてくれる

デッキは第二のリビングルームかもしれません。デッキも手作りです。もとものデッキは朽ち落ちていたので、撤去。場所を少し移動して、新しく作りました。ここと薪小屋は、夫の大工の腕を見直したところかもしれません。自家製のコンクリートを打ったんですよ。薪小屋は柱が、デッキは束石《つかいし》（床を支える柱を載せる石）がそうです。

木枠を作ってそこにコンクリートを流し込んで。すごい、とちょっと感動しました。知識的なことはプロだけど、施工に関しては素人ですから。でもひとりでしたから、体力的にはきつかったと思う。コンクリートは重い。手伝おうとした瞬間、あ、私にはムリ、と知りました。

天国に逝った猫たちは本当にここが好きでした。腎不全で衰弱しても、最期までデッキで日光浴をしていました。ロッタは風が好きでした。

セカンド・リビングルーム、いちばん気持ちがいいのは初夏です。湖畔からの風が気持ちいいのです。芝生もきれいだし（手入れが行き届いているときは）、この季節だと蚊がまだいません。けれど蝶や野鳥、水鳥は頻繁に訪れてくれる。

デッキはLの字になっています。庭に面したベランダのような部分と、南に大きく張り出した、いわゆるデッキの部分と。最初のころは、このデッキにパラソルや鉢植えのオリーブ、デッキチェア、テーブルを置いていたんですけどね。

このエリアは突風が吹くことで有名なんです。比良おろし。それが台風になると二乗になって吹き付けてくる。飛びました。デッキチェア、何mも。パラソルは閉じてはいましたが、真っ二つに折れました。

以来、使うときにセッティング。

BBQや山菜の天ぷら、真冬の焼きガニを楽しむときもデッキです。

ふだんはベランダの部分に。私がひとりでお茶をするときはここで充分。

あのころロッタはかたわらに、まやは庭へ。私はそれを眺めていました。

今、思えば、しあわせな日常でした。日常のしあわせは少し離れてみないと気づかない。ふだんから客観視することが必要なのかもしれないですね。

きっと今もしあわせ、もしかすると明日よりしあわせ。

若いときは「昨日よりしあわせになる」が人生のテーマだったけど、プチ老人になった今は、「今日はしあわせになる」を心がけるようになりました。

TODAY IS A GOOD DAY.

それが毎日続けば、しあわせは続いていく。

ま、なかなかできないんですけどね。今日できることは明日もできる、とつい怠けてしまう。いかん、いかん。

ロッタの晩年、このデッキでくつろぐのを見るたびに、夫は言ったものです。

「デッキ、苦労して作った甲斐があった。こんなに喜んでくれている」

夫は本当にしあわせそうでした。

カフェのようなキッチンにしたい

キッチンに取りかかったのは初夏になっていたと思います。

キッチンは家の要、というけれど、私の場合、キッチンの性能にはこだわりがなくて。カフェのようなキッチンにしたいなあ、と思うくらいでした。

性能というのは、食洗機がビルトインされているとか、そういう類のことです。私、食洗機なら洗濯乾燥機がビルトインされている方がいい。そしたらペーパータオルは使わなくてすむ。がんがんクロスを使ってどんどんドラムに突っ込む。ロンドンではキッチンに洗濯機がビルトインされていた。すごく便利でした。うち、炊飯器もありません。オーブントースターも去年までなかった。夫がそういうの好きじゃないんです。食パンはグリルで焼いていたんですよ。ブレンダーとかといっしょに、クローゼットに隠しています。

大鍋もクローゼットにしまってある。大鍋じゃないものも、たとえば「有次」の卵焼き器、親子丼鍋、刺身包丁もクローゼットに。料理を好きになろうと、京都時代、錦の有次の料理教室に通っていたんですよ。好きこそものの上手なれ、の逆。得意になれば好きになるかな、と。ええ、好きになりました、道具が。通うたびに道具が増えて、肝心の料理の方は今ひとつ。夫も途中から通いました。

夫は料理、好きです。男の料理。本格的に作るのが好きです。そう、だから便利なものが好きじゃないんです。オーブンは業務用を買ってくれました。

キッチンも業務用を考えて、最初は専門店に見に行った。でもガタイがよすぎる、完全に見た目が体育会系なんですよ。アメフトとかラグビーとか、そっち系。これは懸命に阻止。シンプルだけど華奢なものを探すことに。

オールステンレスでシュッとしている。スタイリッシュという謳い文句。サンワのシステムキッチン「オッソ」にしました。見た目はフィギュアスケートかな。コンロとシンクと調理台だけの、銀色の骨格だけのキッチンです。

LONDON

ただシンプルすぎて、カウンターの下はただの空間。扉がついていないので、調味料なんかを置くと丸見えになるんですよ。なので目隠しする必要がある。そろいの黒のボックスを買い揃えました。

カウンターの上も収納はありません。もともと出窓がついていたので、そこを棚にすることに。ユーズドの灰色のレンガを重ね、3枚、足場板（新品です）を渡しました。足場板だという出自を忘れてしまえば、厚くて無垢、安い、好み。うつわはここに。見せる収納です。取りにくいんですけどね、慣れました。

スタイリッシュなシステムキッチンは見るかげもなく。

ごちゃごちゃなんですよ。うちのキッチン。

夫にはあまり言えないんですが、失敗は業務用のガスオーブン。ガタイがいいから、コンロ下に入らなかった。冷蔵庫までは一列にきれいに収まったのに。オーブン台ごとはじかれてしまった。

こっちに置いたり、あっちに重ねたり、いろいろトライしましたが、カッコよくはならず。そのうち見慣れてしまい、今日に至る、といった感じです。

ただ狭苦しいんです。せめて抜け感を作ろうと、去年、窓ガラスを透明に替えてみました。もともとは昭和時代のレトロガラスが入っていました。

うつわの後ろに山が見えるようになりました。

琵琶湖が見えるのなら、もっと抜けたんでしょうけど。

そんなキッチンなのに、ときどき雑誌の取材を受けたりします。ウォーター・クローゼットやリビングならわかるんですけど（自信過剰）、なぜかこのキッチンがウケるんです。キッチン特集で、雑誌の表紙になったこともあるんですよ。

びっくりでした。見せる収納というのは情報たっぷりですからね。編集部に、あのお鍋はどこのですか？　うつわは？　と問い合わせが入ったらしい。

ものが増えすぎ。近々、整理をしようと思っています。

カフェのようなキッチン、もう一度、目指そうと思っています。

12
1
2
3
4
5
6
7
8
9
10
11

シンボルツリーは桂の木

京都にいるとき、苔庭の手入れがとにかく大変だったので、ここは手入れがラクな庭にしよう、庭に振り回されるのはやめようと思いました。

京都では、美しい庭を愛でる喜びより、手入れのストレスの方が勝っていた。家が国の登録文化財だったこともあり、主客転倒、私たちは下僕のようでした。

ここには石も置かない、あれこれ木も植えない。

デザイン的には開放感のある庭。ロンドンの公園のような（苦笑）。

水辺と芝生と1本の樹木。春になったら、その芝生の下からクロッカスが顔を出すような、そんなイメージ。夫からクロッカスは即座に却下されましたが。

ちなみに敷地はコンクリートで整地されていました。ただ古いから、そのすき間や割れ目に、種子は入り、背の高い雑草が生えていました。

まずそれを片付けてから、砂利や土を重ねました。業者に運んでもらって、そこからは夫がひとりで均していきました。だから土は30㎝ほどの深さしかないんです。ま、言うなら、巨大なプランターですね。

芝生はその上から張るのではなく、種を蒔きました。

さすがにシンボルツリーを植える場所は、コンクリートに丸く穴を開けるのだと思っていたのですが、これもしなかった。土を重ねて円錐にしただけ。たぶんコンクリートを捨てに行くのが面倒だったんだと思います。

屋上庭園ならいいかもしれないけれど、こんなだだっ広い敷地に、ひょろひょろな木ではバランスが取れない。カッコ悪いですよ。

でも夫は大丈夫、たぶん何とかなると自信ありげ。そうですか。

植えたシンボルツリーは桂の木、２ｍほどの苗木でした。

桂は葵祭のときに、葵と合わせて、その葉を使います。神さまの木です。

そして桂は水辺を好むのだそうです。樹形も三角錐に近く美しい。

桂の字の旁《つくり》は圭、私の名前と同じ、というのもいい。植えてから知ったのは、その匂い。秋、ハートの形をした葉が黄葉すると、すごくいい匂い、綿菓子のような匂いがするのです。

この木にしてよかったと思いました。

今年で7年になります。桂の木、すごいです。見事に育ってくれました。10m以上あるのではないかと思います。株立ちなので、横にも大きく。

たぶんコンクリートを打ち破って、その下に根っこを生やしたのだと思います。コンクリートの継ぎ目から根を伸ばし、その根を成長させていった。

近くの松の木が倒れるような台風のときでも、この桂の木は倒れませんでした。まだまだ大きくなりそうです。

あと数年したら、その木の下で昼寝ができそうです。

追記　苔庭ほどではありませんが、芝生の手入れもなかなか大変。でも夫の担当。私はラクさせてもらっています。

やっぱり水が好き

水が好きです。子どもの頃からです。家の前の小川の記憶があるのです。たぶん3歳くらい。透き通った水の中、メダカが泳いでいる……。

メダカ、絶滅危惧種なんだそうですね。今、こんなに水がきれいな湖畔に住んでいるのに、蛍はいるけれど、メダカは泳いでいない。

うちは庭に水路があります。メダカがなつかしくて、ホームセンターで100匹近く（水槽全部）購入して、放流したことがありました。

「♪メダカの学校は」と口ずさみながら、童心に帰っていたんですけどね。数匹放流のウグイのせいか、白鷺のせいか、ひと夏で消えてしまいました。ウグイも。ウグイを食べたのは白鷺です。私は見た。食物連鎖。

この水路は一年中、ほとんど水温が変わりません。地下水だからです。こういう場所ですからね、すぐ下を水が流れている。水が湧くのです。

「暗渠にして側溝に流すなら、水路にして、地面の上を流して」

夫に提案、懇願。京都にいるとき住んでいた町家には、立派な石で組まれた小川がありました。昔は豊潤な井戸水がありましたから、それを流していたのです。井戸は昭和のころ、枯れたそうです。真夏になると、ああ、水が流れていたら、鹿威しの音が聴こえたら、と残念に思ったものでした。

もちろん今はそんな風流な庭には興味ありません。

ただ水が流れる庭への憧憬は消えなかった。イギリスの田舎で小さな川をたくさん見たからだと思います。幅はあるけれど浅い、透き通っている。

となりの空き地から流れてくる地下水ももらい受け、浅い小川、水路ができました。夢が叶いました。夏はスイカを冷やしたりもします。

膝下くらいなので、私も入ったりします。冷たいけれど、上がったあとはサイコー。カラダは涼しくなるのに、足はぽかぽかしてくる。気持ちいいのです。

造ったときは飲めるほどきれいな水でしたが、今は生態系ができあがって、カエル、サワガニ、アメンボ、美しい水草〝ヴィローモス〟も育っています。初夏にはカルガモも番《つがい》でよくきてくれる。泳いでくれるんですよ。うちの猫も水辺は好きです。前足でちょいちょいと遊んだりする。どうせなら泳いでくれたらいいのに。泳げる猫もいるそうなんですけどね。

庭を流れた水は、芝生の下の暗渠を通り、側溝へ流れていきます。そして琵琶湖へ入っていく。水しぶきをあげながら。

私、水音が聴こえるようになったんですよ。人工音だから、記憶の音とは違うんですが。でもこっちの方が美しいかもしれません。響くんですよ。コンサート会場で聴くような、グロッケンシュピール（鉄琴）に似ている気がします。洞窟の中で聴くような水音。きらきらしている。

戻ってきたんだと思う。子どもの頃に。

蜃気楼も見える場所

うちの前の道は、自転車（ロードバイク）で琵琶湖を1周する「ビワイチ」というサイクリングコースになっているので、彼らサイクリストをよく見かけます。たまに女の人もいてびっくりする。カッコいい。琵琶湖大橋ルート（ショートカット）を使っても150㎞はあるんですよ。1日で回る人もいるし、景色も楽しみながら、ゆっくり1周する人もいるようです。

うちの近くの湖では、ほとりの芝生で休憩している人もいます。かたわらに自転車を倒して。苦しそうな顔ではなく、晴れやかな顔で。

この芝生、テーブルやベンチ代わりの石まで置かれているので、休憩するにはもってこいの場所なんです。県営の湖岸緑地公園ではありません。道路に面した法人の別荘が管理している、私的な緑地（土地の所有は財産区）です。

知事の許可をとれば、家の間口分、湖岸を整地できるのです。家からモーターボートを出すために整地する人がほとんどですが、ここは芝生です。視界がいい日には、鈴鹿山脈まで見える。対岸は近江八幡です。蜃気楼が見えることもあるんですよ。遠いから、双眼鏡を使わないと見えにくいんですが。

琵琶湖で蜃気楼が見える。それも住んでから知りました。

ウクライナの戦争が始まってからは、芝生にウクライナ国旗が掲揚されるようになりました。早朝、オーナー自身が掲揚するんです。

ビワイチで走る人たちも気づいてくれていると思う。

琵琶湖は南と北では景色も違います。北には神さまが棲む島もあります。島そのものが信仰の対象。神仏分離で、今は寺と神社があり、売店もあるけれど、みんな通い。神さましか棲まない島。拝みたくなる島。

ビワイチ・ルートからも、この神さまの島、見えます。

宗教は持たないのに、神秘的なことは好きなのです。

大切な人たちを大好きな場所に

ロンドン時代の友人が遊びにきてくれることがあります。一時帰国のときに、立ち寄ってくれるのです。なかには琵琶湖が気に入って、近くに泊まってくれる家族も。ロンドン時代に通っていたヘアサロンのオーナー・ファミリー。

会うたびに子どもが大きくなっている。コロナ禍で間が空いたら、子どもが増えていた。バイリンガルなので、日本語も話せます。近くのほとりで泳いだり、うちの水路にジャバジャバ入って、「冷たーい」と言いながら、はなまる付きの笑顔で遊んでくれる。私にとっては孫みたいなものですね。

今年は彼に8年ぶりに髪を切ってもらいました。

私がキモノを着ていたころを知らないから、イメージにとらわれることなく切ってくれる。ロンドンにいたときも「気持ちよく寝てたから、切っちゃいまし

湖中に赤い鳥居が立つ白髭神社

白砂が美しい近江舞子の浜

室町時代に建立された鵜川四十八体石仏群

た。こっちの方が似合う」。起きたら、鏡の中の私は別人、カッコよすぎる、ベリーショートのアジア人になっていました。今回はくりんくりんのベリーショート。京都はちょっと歩けない感じ。ふふ。お見せできないのが残念です。

それはさておき、友人たちが遊びにきてくれると、まず案内するのが、うちの窓からも見える、標高1100mの「びわ湖テラス」。天空のカフェです。

テラスからは、まるで地図のような琵琶湖が一望できます。ロープウェイからはわが家が見えるんですよ。小屋だから双眼鏡は必要だけど。

時間があるときは、湖西を北上。うちから車で10分くらいの近江舞子の白浜に連れていきます。湖水浴をするならここです。砂浜だし、水が本当にきれい。ただしここに連れていくと、子どもが帰りたがらない。ラブラドールがフリスビーを咥えてよく泳いでいるんですよ。子どもは犬が好き。自分で飼い主にことわりを入れて、そーっとさわって、まーるい笑顔。かわいい。

歳を重ねるたびに、犬や猫、そして小さな子どもが愛おしくなります。若いころは子どもが苦手だったのに。

私、やさしくなったのかなあ。だとしたら今がいちばんやさしいときかも。もっと歳をとったら、自分のことで手一杯になって、気むずかしくなるだろうから。

子連れでない友人のときは、さらにそこから10分ほど北上。

ちょっと渋いところに向かいます。その名も白鬚神社。延命、長寿の御神徳がある神社。朱塗りの鳥居が琵琶湖に浮かんでいる。近江の厳島。カヤックに乗る知人の話では、沖からもよく見えるそうです。私もいつか沖から拝観したい。

白鬚神社の近くには古墳が点在しているんですよ。

阿弥陀如来の石仏群（鵜川四十八体石仏群）もあるし。京都のような雅さはないけれど、ここには素朴さが残っている。

そのよさがわかる歳になったような気がします。

Chapter 4

元気と愉しみをくれるのは、
猫と夫と母と

私と猫と虹と

私、左手の甲に4歳のときから傷があるんです。八百屋さんの店先にいた猫に「かわいい」と手を出したら、ひっかかれた。仔猫ではなくおとなの猫。60年以上経っても、うっすら残っているということは、けっこう深かったんでしょうね。でもそれから猫が嫌いになったかといえば、そんなことはない。4歳の子にとっては、恐ろしい出来事だったはずなのに。不思議ですよね。

でも実家を出るまで、飼うことができませんでした。母が犬や猫が苦手だったんです。22歳で結婚、最初の相棒《バディ》になったのがシャム猫でした。この猫（彼）の写真は今も大切に飾っています。この結婚は3年で終わりました。

犬のような猫で、私の感情を読んでくれる、合わせてくれる猫でした。死にたくなる夜も、猫がいるからがんばれたような気がします。作詞家になってからもいっしょ。夜の六本木をいっしょに散歩したこともあります。

今の私ならもっといい相棒になれたし、長生きもさせられた。助けてもらってばかりでした。虹の橋の袂《たもと》で待ちくたびれているでしょうね。

忘れていたのに、猫というキーワードで次々と甦ってくる。

その次に迎えたのがヒマラヤンです。彼女はツンデレを絵に描いたような猫でした。膝に乗ってきもしなかった。なのに今の夫にはなついた。まとわりついた。

2度目の結婚で京都へ。マンションから町家暮らしへ。慣れるかどうか心配でしたが、夏は土間で涼み、冬は炬燵で暖をとり。町家のゴージャスな猫でした。

天国へ行く何日か前、寝ている私の髪の毛を舐めてくれた。最初で最後でした。

この猫の写真も大切に飾っています。

いっしょに暮らす人間が変わっても、猫だけは私のそばにいる。

琵琶湖にはよく虹が出ます。みんな袂で、私がくるのを待っている。そう思うと死ぬのは怖くない。歳をとるのも……。

1ヶ月半育てた天使（保護猫）

イギリスの美しい港町ライで黒猫と

湖面に突き刺さるように映るタブルレインボー

ロッタちゃんのショーケース

京都から苦労してロンドンまで連れて行った2匹の猫。

ロシアンブルーのロッタとシンガプーラのまや。

ロッタの名前はスウェーデン映画『ロッタちゃん　はじめてのおつかい』からきています。続編も含めて、ＤＶＤも買うほど大好きな映画でした。

ロッタちゃんのような、キュートでふくれっ面の天使になってほしい、とつけた名前でした。ロンドンに行くときはそのＤＶＤも持って行ったんですよ。なのに今はそのパッケージだけ。中身はロンドンに置いてきてしまった。住んでいた屋根裏の小さなフラットは家電や家具付き。ＤＶＤプレイヤーから取り出すのを忘れてしまった。

何だかいろんな想いを残すようなことになってしまいました。

フラットの近くに、カンタベリー大主教のランベス宮殿があり、その敷地の一部が児童公園になってて、お天気がいい日はロッタとまやを連れて散歩に行きました。ロッタとまやは10才違い。12才と2才でした。

ロンドン時代は元気だったんですよ。

ただイギリスも日本もペットの入国条件が厳しいことで有名です。飛行機には同乗できません。別便の貨物扱いになるのです。

私たちがイギリスに入国のときは、まずフランスに入り、パリに2泊。市内の動物病院で、EUのペットパスポートを取得してから、車（レンタカー）でユーロトンネルを渡りました。当時のイギリスはまだEU加盟国でしたから、EUの猫であれば、マイクロチップを照合するだけで入国できたのです。

1年後、日本への帰国のときはフェリーでオランダへ。アムステルダムからKLMを使いました。もちろんケージに入れて客席へ。ずっとそばにいました。でも移動が長時間になったせいだと思います。帰国後、急に元気がなくなり、獣医に駆け込むも、急性の腎不全だという。輸液に毎日、通いました。

そこからは食欲も戻り、ここに越してからは、いい獣医さんとも出会い、腎不全が治ることはなかったけれど、それから5年、17才まで生きてくれました。

最期までキュート、ふくれっ面天使。

ロッタの呼吸が苦しそうなので、酸素吸入の準備をするために、夫がそばを離れたときでした。ロッタは追うように起き上がると、夫のそばへ行こうとする。

ソファのうしろに夫は立っていました。よろけながらもソファに上がろうとするロッタ。私が手伝うと、きっと振り返り、私の手を噛んだのです。

さわるな、と怒ったのです。そしてソファを歩き、かくっと倒れた。

それが最期でした。七夕の夜でした。

ロッタの骨壷は小さなガラスのショーケースに納めました。首輪と香炉と、私が束ねた真っ白なドライフラワーといっしょに。天使の羽のようなブーケ。

ロッタちゃんに似ているね。

ロシアンブルーのロッタ

ハットティン（帽子缶）に入るまや

ロッタの骨壷（小鹿田焼）は首輪とドライフラワーとガラスケースに

ロンドンのフラットの窓辺でひなたぼっこ（2014 年）

飛行機を歩いた猫

私のiPhoneの待ち受け画面は、イギリスに連れて行ったもう1匹の猫、シンガプーラのまやです。シンガプーラは小さな妖精と呼ばれる世界最小の猫。夫の肩に乗せてバッキンガム宮殿にもいっしょに行きました。

セント・ジェームズパークでは、小さな女の子が近寄ってきて、「さわってもいい？」と。「もちろん」と答えると、そーっと頭をなでる。

春先、妖精と天使の邂逅でした。

芝生には黄水仙が一面に広がっている。そのすき間に人間たちが腰を下ろす。寝転がっている人もいます。まだ肌寒いのに半袖の人もいる。

公園のリスは人間に馴れていて、手ずからパン屑を食べてくれるんですよ。水辺のオオバン、ハクチョウも人間を怖がりません。もちろん猫のことも。

まやなんか、猫のくせに白鳥に威嚇されて、シッポくるん、巻きました。夫がハクチョウの目の高さまで抱き上げて、挨拶させようとしたのです。

いやはやハクチョウ、白鳥、おそるべし。

バレエの『白鳥の湖』のイメージは速攻、そのときのハクチョウで上書き。

それはさておきロンドンの公園、ノーリードが黙認されているのか、犬も自由に走り回っていることが多かった。それを咎める人はいなかった。

じゃ、うちもと、まやのリードを外すと、キズイセンに身を隠しながら、ずんずんと進んでいく。その姿、まるでロイヤルパークの探検隊。ずんずんずん。

そこに犬が近づいてきた。あ、まやが襲われる。私があわてて制止に入ったら、うしろから飼い主が「うちの犬はしつけが入っているから大丈夫」。

なるほど、犬、まやを見ることもなく、尻尾ぶんぶんで走り抜けて行った。

おお、さすがイギリス、ロンドンだ、と感動。逆に言えば、しつけが入っていない犬はリードを外さない、ということでしょうからね。

もうひとつ、まやのエピソード。探検隊の話です。

行きの飛行機での大事件。手違いがあり、夫と私の座席は離れていました。まやは私と。夫はロッタと。2隊に分かれました。はじめての飛行機です。ストレスは計り知れない。キャリングケースは私の膝の上に置き、ときどき開けては目を合わせたり、なでたり。鳴くこともなくおとなしくしていました。

一方、実は私、飛行機にパニックを伴う不安障害があり、医師から処方された安定剤を服用。眠たくなります。でもこれ、言い訳です。

キャリングケースに手を入れたまま、うとうとしてしまった。機内食の時間になり、目を覚ますと、指先にまやがいない。ケースのファスナーが開いている。

CAのコールボタンを連打。カタコトの英語で状況説明。

周囲の乗客に聞き取りをすると、なんとまや、通路を歩いていたらしい。発見したのはいちばん前の座席の下。みんな笑って許してくれました。

今は虹の橋の探検をしているのではないかと思います。

湖畔の黒猫物語 1　麒麟がくる

黒猫りんは私がはじめて保護した仔猫でした。

2020年のことです。7月にロッタとまやが立て続けに天国へ召喚。私と夫は会話もなくなり、たんたんと過ごしていたような気がします。子どものいない私たちにとって、猫こそが鎹《かすがい》。悪い意味で、静かな夏でした。

9月6日、おとなりYさんが帰宅すると、仔猫が最後の力を振り絞って、玄関前に現れました。生き延びようとする本能で、Yさんを見上げて、懸命に鳴いている。その知恵に応えなければ、と私にLINEしてくれたのでした。

30秒後には、私はその仔を抱き上げていました。

骨が指にさわるほど痩せこけている。もうそれだけで胸がつまってくる。カラダがまだ据わっていないから、グラグラです。目も瞬膜《しゅんまく》（目頭の白い膜）や目やにで半分、潰れている。でも温かかった（熱があったせいですが）。

「了解です。私が預かります」

その日は日曜日、動物病院が休診です。猫用ミルクで強制給餌しながら、見守りました。知らない家に連れてこられたのに、隠れる様子も見せず、ベッドの上でじっとしている。小さい命が本能で持つかわいさ。私が抱くと、半分の目で私を見つめ返す。うんうん。大丈夫、頑張ろうね。助けるからね。

夫はそれを怪訝そうな、不機嫌そうな顔をして見ていました。

夫は新たな猫を迎えることには否定的でした。それは私も同様でした。ネットでブリーダーのサイトを見ることはありましたが、行動に移そうとは思っていませんでした。しばらくはこのままでいたい。悲しみも想い出のうち。

けれど今、そんなセンチメンタルを言っている場合ではない。優先すべきはこのコの命。この際、夫はどうでもいい。と、無視していたら、私は見てしまったんですよね。仔猫の顔を心配そうに覗きながら、よしよしとなでる夫を。その夜のうちに夫はこのコのかわいさに落ちていた。仔猫よ、グッジョブ。よくやった。

翌朝、いちばんで動物病院へ。事情を話すと、どこまで治療しますか、と。あ、治療費のことですか？　健康診断も含めて、すべてお願いします。

もうこのときにはうちのコにするつもりだったのだと思います。

やはり猫ウイルス性鼻気管炎（俗にいう猫風邪）でした。点滴や点眼の処置をしてもらい、薬や蚤スプレー、猫用ミルク、「ヒルズ」の療法食ＡＤ缶も入手。

鍵シッポだね、と褒めてもらいました。

生後1ヶ月半から2ヶ月未満のオス。体重は450g。

結膜の腫れはすぐに引き、強制給餌も1日くらいだったと思います。ヒルズのＡＤ缶を自ら食べるように。それからは早かった。点眼や液体のお薬を飲ませるのも、嫌がらない。こんな猫、はじめてでした。

名前をつけることにしました。

その名は麒麟。

猫は木登りも散歩のうち

カヤックに乗るりん

重なって眠るりんとルナリア

湖畔の黒猫物語 **2** 麒麟がきた

麒麟というのは、神話の瑞獣《ずいじゅう》。

その年の大河ドラマのタイトルが『麒麟がくる』。明智光秀が主人公。比叡山の山麓に城を築いた武将のドラマというのもあり、毎週欠かさず観ていました。

泰平の世になると、空から現れるという伝説の獣です。

その年は2匹の愛猫は空へ召喚。難聴、夫とは会話レス。私の母が大腸がん手術。私の戦国時代が佳境に入ったような年でした。

そのとき空から落ちきた黒猫。現れた場所はおとなりでしたが、かわいいミス、神さまのケアレスミスです。抱き上げたのはこの私なんですから。

名前は麒麟にしよう。きりん、りんりん、りんちゃん。

わが家には『麒麟がきた』。

この黒猫、これまでうちにいた歴代の猫が苦手とすることが、なぜかどれも得意。車に乗るのが好き、入浴を嫌がらない、来客をもてなす、散歩ができる。木登りが好き（降りることもできる）、まるで犬のような猫なのです。

ちょうどりんが仔猫のころ、私は新聞の連載で毎週、滋賀県のあちこちを訪ねていた。いっしょに連れていきました。ダッシュボードが定位置。新庄町のコスモス畑、今津町の彼岸花。黒猫だから写真映えするんです。

仔猫のころは琵琶湖の砂浜を散歩することもできました。

カヤックに乗せたこともありました。写真、ありますよ。

でもおとなになってからは琵琶湖を嫌うようになってしまった。湖畔に住む猫としては正しい成長なのかもしれません。波はときにして危険ですから。

猫でも泳ぎが得意な種（ベンガル）はいるみたいですけどね。

麒麟がきてからも、災難が起きることはあります。でも私がそれに対応できるようになった。泰平をコントロールできるようになりました。

少し経ってから、りんの母猫がわかりました。近くの家の前庭で、何匹かの黒猫の赤ちゃん猫と母猫を見かけたからです。授乳中でした。そしてその母猫は外飼い猫であることもわかりました。そのせいなのか、偶然なのか、わかりませんが、りんを飼うようになってから、うちに野良猫がよく現れるようになった。

先住猫のときにはなかったことでした。

たぶん血が繋がった一族なのだと思います。

これまで拾った猫を飼ったこともありましたが、TNR（野良猫に不妊手術を行い、戻す）活動をしたことはありませんでした。でもりんの実家とわかってからは、どうしても気になってしまう。通りから見てしまう。

また仔猫が遊んでいる。避妊手術をしていないから、次々と子どもができてしまう。それでも激増している様子がないのは、里子に出しているのか、あるいは命を落としてしまっている……。後者ではないかと思いました。

銀貨草《ルナリア》という猫がいました

りんの実家でまた仔猫の姿を見かけるようになりました。

写真を撮ろうとすると、さっと隠れてしまう。すばしっこい。今回はりんと父親が違うのか、3匹ともキジ白です。母猫のおっぱいを飲んだり、ちょろちょろ走り回ったり、すってんころりん、ひっくり返ったり、元気いっぱいです。

ああ、りんは元気すぎて冒険、迷子になっちゃったんでしょうね。

そんなある日、1匹だけで駐車場にぽつん、うずくまっている。

あきらかに様子がおかしいです。でもここはよその家。門が閉まってないとはいえ、無断で敷地内に入るのもね……。この家は平日不在なのです。

ためらいながら帰った私でしたが、やっぱり気になります。

もう一度見に行くことに。2時間は経っていたと思います。なのにそこにいる。

動いていない。そこまで衰弱している？　ごめんなさい。ちょっと入ります。

うわー、これは。目が瞬膜と腫れ上がった結膜で、ほぼ塞がっている。猫風邪ですよね。それもかなり重症。りんのとき勉強したんですが、母猫がウイルスをもっていると、胎内で感染します。ただ生後1ヶ月くらいまでは、母猫からもらった免疫で発症しないんだそうです。免疫が切れたんですね。

そのまま病院に連れて行きました。

りんのときの手当てに加え、結膜に軟膏を塗ることになりました。

朝まで頻繁に目やにを拭き取る、点眼、塗布。目が塞がってしまわないように、注意すること。もし翌朝、塞がっていたら、すぐに連れてくるように。

がんばりました。目は塞がりませんでしたが、病院へは通いました。

でも結膜の腫れは引いたのに、白い瞬膜は出たままです。

「癒着が見られるから、瞬膜はこのままかもしれないね」

あと何日か早く決行すればよかった。本当に悔やまれました。

数日くらいで強制給餌は終了。そこからの回復は早かったです。りんとは別室でしたが、りんは何かを感じるようで、少々警戒モード。このコは平然としていました。女子だからかな。生後1ヶ月半。

「りんちゃん、妹だよ。いろいろ教えてあげてね」

名前はルナリア。植物の名です。果実が透けて見えるほど薄く、銀色の月《ルナ》のような形をしている。私の大好きなドライフラワーです。ルナの目も月のように輝きますように。そんな願いを込めました。呼び名はルナちゃん。ルーちゃん。

瞬膜は少しずつ消えていきました。

かわいかった。夫の耳たぶをちゅぱちゅぱ吸うんです。そんな甘えっ子だけど、りんと違い、私たち以外には心を許さない。誰かが家にくると、その人が帰るまで絶対に出てこない。臆病な猫でした。小柄で、歩き方がかわいかった。

1年半後のエイプリルフールの日、いなくなってしまいました。

さくら耳になった猫

ルナリアを迎えた翌春くらいから、白に黒ブチの大柄の猫が現れるようになりました。前髪ぱっつんみたいな黒毛が頭に入っている猫。うちではすぐに「ぱっつん」と呼ばれるようになりました。デッキに続く窓からうちを覗くのが日課に。立派なものがぶら下がっているので雄猫です。

かわいいので、追い払わずにいたら、窓から部屋に入ってきた。ルナリアが目当てなのか。りんが大騒ぎ。その声に夫が飛び起き、追い払うという事件が起きました。続けて2回も。

去勢手術をさせよう。ぱっつんには悪いけどTNRしよう。餌付けを始めました。置き餌ではなく、きたらウェットタイプの餌を与える。窓からお皿を出しても、逃げはしない。いい感触です。

やがてりんやルナの母猫を連れてくるように。これが完全にレディファースト。自分が食べていても、あとから母猫がくると、さっと譲るんです。そしてデッキの縁（高くなっている）から周囲を見回す、つまり警護するんですよ。証拠写真、なかったら、信じてもらえないところです。

さらに見ると母猫のお腹が少し膨らんでいるように見える。

半月ほどしてからだったと思います。捕獲器を置きました。1回で捕獲。夫に手伝ってもらい、そのまま病院へ。あらかじめ相談してあったので、すぐに手術してもらえました。オスなので右耳がさくらカット。地域猫になりました。

捕獲器を開ける前に、「ちゅーる」を2本。それでもなめてくれた。人間と共生している外猫の、生きる術を見たような気がしました。

開けたあとは一目散に逃げていきました。

たぶんぱっつんはこのあたりのボス猫だったと思うのです。去勢すると、序列が変わるから、テリトリーから離れてしまう可能性がある、と言われていました。

でも1週間後に元気な顔を見せてくれた。うれしかった。

でもうちの外猫にはなってくれませんでした。

今でもこの地域で生きています。ときどききてくれるんですよ。もうボスではないと思う。以前はちゅーるを差し出すと、食らいついてきたのに、今はおどおどした仕草を見せるんです。申し訳なく思ったりもします。

猫は野生動物ではない、野良猫であっても、人間社会の中で生きている。

長生きしてほしい、それだけを祈っています。

母猫が教えてくれた大切なこと

母猫の方は、毎日、きてくれました。お腹は徐々に大きくなっていきます。獣医さんに相談。何週になっても手術はできるが、リクスを伴うので、少しでも早いうちに、と念を押されました。でも私はそれを選択できなかった。胎児でも始末したくなかった。出産させたいと思った。

それに母猫も応えてくれました。お腹は横にも張り、動くのもたいへんそうなのに、置き餌のある家から100m以上、うちまで歩いてきてくれるのです。ヒルズのAD缶を求めて。おいしいだけでなく、栄養価も高いですからね。

ひと月以上、通ってくれました。デッキの下に産箱も置きました。仔猫を保護したい私は、何とかうちで出産してほしかったのです。

おっぱいも大きくなり、いよいよだね、と夫とも話していたら、朝ごはんを食べたきり、夜も翌朝も姿を見せない。次にきたときには、お腹の横の張りが消えていた。やはり自分の家で出産したんですね。

「おめでとう。授乳が終わるまでは、これ（ヒルズのAD缶）を食べに来てね」

ひと月経ったころでした。夫が仔猫の鳴き声がすると言い始めました。母猫の家ではありません。うちのそばのK宅です。数日後、Kさんが段ボール箱を抱えてきた。いわく。今朝6時ころ、庭の小屋を開けたら4匹いた。段ボール箱に入れ、とりあえず小屋の外に置き、あとでうちにと思っていたら、2匹になっていた。鳴き声に気づいた母猫が1匹ずつ咥えて、自分の家に運んだようでした。

残った天使2匹をうちで保護。2ヶ月まで育て、ご縁があった方に2匹いっしょにバトンタッチ。残りの2匹、母猫も姿を見せなくなったので、Mr.外飼いの家を思い切って訪ねました。なんと室内飼いにしたという。半年後、仔猫といっしょに不妊手術をしたことも教えてくれました。

中途半端なことしかできなかったけど、小さくエンドマークを打ちました。

うちにいた頃の天使たち

ゆっくりとゆっくりと、湖水へと

湖水にぽつんと浮かぶと、心のストレッチができる気がします。ヨガをしているような気持ちよさを感じる、小さなことはどうでもよくなってきます。硬くなっている心がほぐれる、というのかな。

ゆらゆらと揺れる。胎児のころの記憶はないけれど、こんな感じなのかもしれませんね。私、これでもしあわせだと思っています。でも他人が思うより、何かを抱えて生きているとは思う。みんなそうですよね。

私もいろいろありました。いや、あります。現在形です。

そのなかのひとつ、聴力を失っていくことで、夫や母との関係を悪くしていった。こちらに歩み寄ってくれなければ、コミュニケーションはとれなくなります。

障害者だけでなく、その家族も生きづらくなるんですよね。

中途失聴者はふつうに喋ることができます。だから相手も喋ろうとする。夫との日常会話は、読唇と表情、空気を読みながら、交わしていました。母とは日常会話にさえならない。単語だけのカンタンな筆記。

人工内耳にしてから、夫がつぶやいた言葉が忘れられません。

「これで僕はひとり暮らしから解放された」

なかなか重たい言葉でした。結婚したころは、軽度難聴ですからふつうに会話していました。それがここ10年くらいかな、混み入った話はできなくなった。やがて会話がなくなった。まるでひとり暮らしをしているようだった、と。

CODAという言葉があります。Children of Deaf Adults。映画『CODA』はアカデミー賞を受賞しました。邦題は『コーダ あいのうた』。耳が聴こえない、聴こえにくい親のもとで育つ、聴こえる子ども（聴者）のことをいいます。

配偶者はSpODAという。配偶者には配偶者の生きにくさがある。言った言わないで喧嘩になることがよくありました。

「ちゃんと説明したよ」

「それは目が見えない人に、この書類見せたよ、というのと同じ。大切なことは書いてよ、文字にして話してよ」

短くない年月でした。

SpODA、夫よ、ひとり暮らしは終わったよ。

そんなわけで（かどうかはわからないけど）、夫もカヤックを始めました。カヤックが2台に。夫のはスピードが出る型。私のはゆっくり型。底の一部が透明になっているので、水の中が覗ける、遊覧するカヤックです。

琵琶湖、地元では〝Mother Lake〟母なる湖と呼ばれています。

薪ストーブとフォレストリーダーと

湖畔に住むなら暖炉、薪ストーブしかないと思っていました。はじめてです。京都時代、炭は使っていましたが、薪はさすがにありませんでした。

薪はどうやって入手すればいいいんだろう。ホームセンターに売り場はありますが、あまり安くないんです。うちの場合、小屋のすべてを1台の薪ストーブで賄うつもりです。夫が概算したところ、1ヶ月20万円となりました。

ちょっと無理です、かなり無理。親しくなっていた比良山麓のセレクトショップのオーナーに相談。やはりみんな独自の調達ルートを持っているらしい。

さすが山麓です。彼の友だちが数人で薪を調達しているという〝木こりクラブ〟を紹介してくれました。週末だけチェーンソーを持って〝木こり〟になる。間伐や伐採した木を使って自分たちで薪を作る。でも切っただけでは木片です。それを2年間、乾燥させて、薪にするのです。たいへんな労力ですね。

近江舞子の浜の近くの、広大な駐車場が、その作業場。見に行くと、風と空と山、そして湖にもつながる滑走路のような場所。危険な力仕事ではあるけれど、デスクワークを続けてきた夫には、それが心地よかったようでした。

何ごとも凝り性の夫です。せっかくならちゃんと学びたいと、国が支援する林業の研修会に参加。座学と実技を含めて3週間はあったと思います。

そして帰ってきたときには、造林会社への就職を決めてきていた。面接をしてくれた社長から、なんで林業がやりたいの？と訊かれ、薪がほしいから、そう答えたとか。ま、夫の履歴を見たら、訝しくも思いますよね。

でも私は、ロンドンから京都に戻らなかったとき、建築（設計）の仕事はやめるだろうな、と感じていました。

おたがい、次に進むのだ。山の仕事は夫には合っている。

雨が山に降り、それが川と伏流水で湖に流れ、湖面から空に上がって雨雲になる。循環している。つながっているんですよね。人の感情でそれは邪魔されることはない。それは正しく流れていく。理系の夫には合っていると思ったのです。

現在の林業は、その循環を助ける方向で行われています。

私たちが使っている薪材は、間伐材や剪定枝など、不要になった木材の有効利用。森林破壊につながるものではありません。CO_2も排出はするけれど、それは森林が必要とするCO_2と同量だという説もあり、循環される資源なのです。

山と湖に挟まれた場所だから、どうしても自然の顔色には敏感になってしまう。おそろしいほどの嵐も経験しました。

火と水があるところに神は宿る。火水《かみ》さま、私の好きな当て字です。

火の季節は、玄関ドアを開けたとたん、いい匂いがする。薪が燃えるときの匂いです。木の種類によって違うんですよ。夫は樫が好き、私は桜かな。

うちの薪小屋、12枠あり、木の種類ごとに収納。名札付きです。フォレストリーダーの薪小屋です。

観葉植物から「暮らし」が生まれる

私の母は97歳で、近くのホーム（住宅型有料老人ホーム）に入居しているのですが、部屋に観葉植物を置いているんです。ゴムの木です。入居のときに私が準備しました。それがあるだけで部屋に「インテリア」が生まれる。暮らしが生まれるような気がするんです。

ゴムの木の世話は私がすればいい、そう思っていたからです。

ところがコロナ対策が強化され、住宅型でも室内に私が入れなくなった。

「母では水やりがむずかしいと思うので、ロビーにでも置いてください」

スタッフの方にお願いしました。ところが、

「おかあさまがこれは置いておいてほしいとおっしゃっています。自分で水やりはするので、バケツとマグカップがほしいそうです」

母の入居したホームの洗面台は、老人にやさしく、ぬるま湯が出るように設定されています。それでバケツに水を用意してもらい、そこから少しずつ水やりをしようと考えたらしい。びっくりです。理解力は落ちているのに。

そもそも要介護4です。自分の身の回りは介護サービスの人に手伝ってもらっているんですよ。車椅子に乗っているのです。

ここが病室なら、退院する目標があります。でもここは終のすみか。日々を暮らすための部屋です。大腸ガンの手術をして3年半。入居して3年。

母はテレビを見ることがなくなりました。趣味にも興味を示さなくなった。でもおしゃれは好き。お化粧もします。あるブランドのブラウスを買うために、京都のデパートまで買いに行かされたことも。そんな私との連絡はＬＩＮＥです。

２０２３年初夏、室内にまた入れるようになりました。

ゴムの木、剪定が必要なほど、すくすくと成長していました。

パノラマの風景を手にカヤックを漕ぐ

車椅子の母（1926年生）と琵琶湖へ

コンクリートの薪棚が敷地の塀代わり

静けさはやさしい音に満ち溢れている

ここは都会の喧騒からは遠く離れた場所にあります。

何も聴こえません。私はそれが好きでした。

でも最近、無音ではなく、やさしい音に満ち溢れている「静けさ」を知りました。

私は重度の感音難聴です。子どものころに発症、それはゆるやかに進行していき、ここ何年かで、そのほとんどを失ってしまいました。

補聴器では補えません。会話はスマホのアプリや筆談で。不便なことはあるけれど、それも私の美しい個性。受け入れようと思っていました。

ただ障害者手帳を、進行したレベルの等級で申請するために、県内の日赤病院の耳鼻科を受診。大学病院での人工内耳の手術を勧められました。

人工内耳のことは知っていました。でも受けたくなかった。失くしたもの（聴力）を求めることへの抵抗があったからです。

人工内耳の聴こえには個人差があり、半年から2年のリハビリで、会話ができるようになる人もいれば、それを言葉として認識するまでにいたらない人もいる。後者であったとき、またそれを一から乗り越えなければならない。

面倒だな、と思ったのです。

それを覆したのが、うちの飼い猫でした。

となりの空き地の円筒に入ったはいいけど、そこから出られなくなってしまった。帰宅した夫が、その叫び声に気づき、救出しました。車の中からでも聴こえるような声だったそうです。私には聴こえませんでした。

そのとき人工内耳の手術を受けようと思った。会話ができるようにならなくてもいい。どんな人工音でもいい。でもせめて猫のSOSの声は聴き取れる飼い主でありたい。

京都大学病院で手術を受けたのは今年の早春でした。

人工内耳とは言いますが、外耳も中耳も使いません。自分の耳をショートカットして、体外の集音装置が電気信号に変換した音を直接、内耳の聴神経へ送り、それを脳が音として認識する。でも聴こえるのはあくまで人工音です。金属音。私の場合は、グロッケン（大きな鉄琴。美しい音です）が喋っているような感じ。宇宙人のような声、と表現する人もいます。でもそれが1年、2年するうちに、脳が記憶の音とすり替えていく。すごいですよね。人間の脳は。

猫の声はすぐに聴こえるようになりました。最初は電子レンジの音と区別がつかなかったのですが、最近は猫の声として聴こえます。

夏は湖畔も、蝉の声で満ち溢れていました。静かな波音も聴こえます。だから期待しているのです。秋の音、鈴虫の音《ね》を。

子どもの頃に聴いたことがあるからです

水辺へ流れていた

私が住んでいるのは琵琶湖の西。ここは山と湖が近いので、挟まれた大地は傾斜しています。雨や風はその裾野に寄り添いながら流れていく。天変地異がないかぎり、それが遡ることはありません。流れる、という言葉には悪いイメージがあります。流れ者もそうですよね。辞書を引くと、土地から土地へと流れ歩く者とあります。

けれど、私は好きです。私は流れ者なのかもしれません。

私は何ひとつ続いたものがありません。音楽高校も美術短期大学も中退。最初の結婚も続かなかった。シンガーソングライターは挫折。作詞家という仕事も結局やめてしまった。理由はあるんですよ。摂食障害やうつ病、難聴……。

でもそれを補うだけの自信、才能もなかった。

小さいころからそういう生き方をしていたような気もします。

流れに逆らって生きていくには、強い力が必要です。でも残念ながら、私はメンタルが強いほうではないんです。むしろとても弱い。

そもそもみんなが流されずに生きていけるわけじゃない。人それぞれ。メンタルが弱いから、私は今、細々ながらも文章を書いているような気がします。

流されて生きていく方が、人生がうまくいく人もいる。私は小器用ではあるので、流れを自分仕様に変えるのは得意でした。川の流れのなかで、中洲や大きな岩にぶつかると、流されるのではなく、そのどちらかは自分で選んできた。直感で。直感は運です。運はよかったと思います。

東京にいるときは上を向いて生きていました。京都にいるときは奥を向いて。ロンドンでは小休止。人生の休日になりました。テムズ川は河川敷がないので、川の流れと一体感がある。同じ速度で歩くこともできます。それが心地よかった。

帰国後、流れて生きていく、その最終章に琵琶湖のほとりを選びました。

子どものころから、私は究極のインドア人間でした。

それがここに住んでから、少しずつ変化していった。

ヨガをはじめました。

カヤックをはじめました。渓流や海ではないので、私でもパドルを操れるのです。習いにいったクラブのコーチの「水をつかむ」という言葉、その感覚。はじめてグランドピアノを弾いたときのようなトキメキがありました。

還暦過ぎでもトキメク。古い自分を捨てると、新しい自分が出てくるのですね。

カヤックで沖に漕ぎ出していくと、360度の視界が広がります。上を目指し、奥を見つめ、辿り着いたのがこのパノラマ。

流れる水が腐らないなら、人の心も濁らないのではないか。そんなことを思う。

ゆっくりとカヤックを漕いでいきます。

あとがき

ちょうど1年前だったと思います。フリーランスの編集者からメールが届きました。藤栩典子、あ、この名前、記憶にある。20年くらい前、京都で1軒目の町家に住んでいたとき、取材に来てくれた人だ。フジにクヌギと書いて藤栩。めずらしい名前だから覚えていました。雰囲気ある苗字です。

メールはフォトエッセイの出版依頼でした。

「そういえば麻生さんって、今どうしてるんだろうね」

主婦と生活社の編集の深山さんと会っているときに、私の名前が上がったんだそうです。メディアから遠ざかっていましたからね。で、検索したら、京都ではなく、湖畔に住んでいる。小屋をセルフリノベーション。住宅メーカーの取材を受けたことがあり、それを見てくれたようでした。

うれしかった。藤栩さんが私を気にしてくれたことが。それに対して、深山さんも関心を持ってくれたことも。モチベーションが上がったのを覚えています。

去年の秋、主婦と生活社での打ち合わせは筆談でした。この頃、すでに京大病院には通っていましたが、人工内耳にするのはためらっていました。

次に会ったのはほとりでの撮影です。手術から3ヶ月半。私は聴こえるようになっていました。小屋もリノベーションしたけれど、人生もリノベーション中。まだ「きこえ」は不完全ですが、そんなとき書く仕事を与えてくれた藤栩典子さん、そして深山里映さんに心から「ありがとう」と伝えたい。京都在住のカメラマン石川奈都子さんにサンキュ、読者のみなさんにはスペシャルサンクスを。

やっぱり私は自分と自分のぐるりを書くことが好きなんだなあ。

読んでくれる人がいるなら90歳になっても書いていたい。みんなといっしょに歳をとっていきたい。もしよかったら、読んだ感想、聞かせてください。

仔犬を迎えた秋の日に　麻生圭子

麻生圭子 Keiko Aso

1957年生まれ、東京育ち。80年代、作詞家として、浅香 唯や吉川晃司などの人気アイドルのヒット曲を多数手がけるも、聴力が衰える病気「若年発症型両側性感音難聴」が深刻化し、エッセイストに転身。96年、結婚を機に京都に移り住み、『東京育ちの京都案内』（文藝春秋）、『京都がくれた「小さな生活」。』（集英社）などを上梓。1年間のロンドン生活を経て、2016年より琵琶湖畔に暮らす。

X（旧Twitter）：@keiko_aso
Instagram　：@asokeiko_killin

・スタッフ
構成／藤栩典子
撮影／石川奈都子　麻生圭子
デザイン／宮巻 麗
校正／福島啓子
編集担当／深山里映
・協力
朝日新聞滋賀版
株式会社ヤクルト本社 化粧品部
「素肌プラス」
株式会社アイセルネットワークス
「マイ・ホスピタル」
（＊1章p56は朝日新聞滋賀版の記事、2章は「素肌プラス」「マイ・ホスピタル」の連載から、それぞれ加筆修正し、掲載しています）

66歳、家も人生もリノベーション
自分に自由に 水辺の生活

著者 麻生圭子
編集人 東田卓郎
発行人 倉次辰男
発行所 株式会社 主婦と生活社
〒104-8357 東京都中央区京橋3-5-7
編集部 tel. 03-3563-5129
販売部 tel. 03-3563-5121
生産部 tel. 03-3563-5125
https://www.shufu.co.jp
製版所 東京カラーフォト・プロセス株式会社
印刷所 大日本印刷株式会社
製本所 小泉製本株式会社
ISBN978-4-391-16027-7